KB221071

봄날의책 세계시인선

gedichte by Reiner Kunze
© S. Fischer Verlag GmbH, Frankfurt am Main 2001
Erweiterte Neuausgabe 2023
Korean Translation © 2024 by Spring Day's Book
All rights reserved.
The Korean language edition published by arrangement with
S. Fischer Verlag GmbH through MOMO Agency, Seoul.

시

봄날의책 세계시인선

라이너 쿤체 지음 전영애·박세인 옮김

봄날의책

일러두기

   한 편의 시가 다음 면으로 이어질 때 연이 나뉘면 여섯 번째 행에서,
   연이 나뉘지 않으면 첫 번째 행에서 시작한다.

차례

『초기 시』

『민감한 길』

그러자 아름답게 캄캄했다

어느 작은 독일 도시

『방의 음도』

딸과의 독백

질그릇처럼

『자신의 희망에 걸고』

『보리수 밤』

I

『잠이 잠자러 드러눕는 곳』

초
기
시

frühe gedichte

바깥으로 나가 인정을 좀 받아보려는
시인의 욕구는 와해된다,
시인이, 시가 무엇인지 이해하는 순간에

사랑

사랑은
우리 마음속에 피는 한 송이 야생 장미
뿌리내리지
두 눈 안에다,
연인의 시선을 마주치면
뿌리내리지
두 뺨 안에다,
연인의 입김을 느끼면
뿌리내리지
팔의 살갗에다,
연인의 손이 닿으면
뿌리내리지
자라지 무성해지지
그리하여 어느 저녁
혹은 어느 아침
우리가 다만 느끼지
사랑이 우리 마음속에
방을 요구하는 걸

사랑은
우리 마음속에 피는 한 송이 야생 장미
머리로는 규명이 되질 않고
그 신하가 되지도 않아
그리고 머리는
우리 마음속 한 개 칼
머리는
우리 마음속 한 개 칼
장미에게서 도려내지,
수백의 가지를 뚫고
하늘 하나를

둘이 노 젓기

둘이 노 젓기
배 한 척을,
하나는
별들이 훤하고
또 하나는
폭풍들이 훤하고
하나가
별들을 헤치며 이끌면
또 하나는
폭풍들을 헤치며 이끌리
그리하여 끝에 가서는 아주 끝에 가서는
바다가 추억 속에서
푸르리

나는 거리를 걷는다

거리를 걷는다, 외투 깃 세운 채 한껏 웅크리고
집은 황량할 것. 빵은 부스럭 소리도 들리지 않을 것
불은 타는 소리도, 기미도 없을 것—
하여 나는 참으로 몇 마디 말이 들렸으면 싶다

거리를 걸으며 나는 네 얼굴이 보인다
너는 기다리며 나를 위해 벌써 빵을 썰어놓는다
네가 더 늦어 오더라도, 나는 너를 위해 빵을 썰어두었어
그럴 때 불은 말이 없고, 우린 불이 필요 없어.

너는 안다, 이 시간 그가 먼 곳에 있음을

너는 안다, 이 시간 그가 먼 곳에 있음을
머리로 이해한다, 그의 멀리 있음을
너는 안다, 그와 너 사이에는 있음을
해하늘 하나, 그리고 별하늘 하나

알건만 자꾸만 창가로 다가선다.

그러나 밟힌 풀은

1
너 사는 데가 뒤채여서
자정 무렵이면
네게로 가는 계단 위에는
거리의 불빛 한 점 없다

몇 걸음 돌을 디디고 가서
나는 발로 첫 계단의
목재를 툭툭 쳐본다,
더듬더듬 팔꿈치로 난간을 건드려본다,
올라간다, 가슴에 차단목 하나가 느껴진다
층계는 도는 굽이에서 더 높아진다
손가락을 더듬이처럼 뻗는다
오른다, 축축하고 써늘한 벽을 붙든다
모퉁이에서 다시 돈다
오른다
더는 층계가 없을 때까지

네 입은 한 마리 새
두 번 날개 침 사이에서

너의 입은 날아야만 한다

2

아침이 계단 위에 서서
기다린다
나는 문을 닫는다, 가만히
한 시간 내에는
네가 계단을 내려오겠지
나처럼 뛰겠지

우리는
길 안으로 들어서고 돌이 밟히겠지
밟힌 풀이야
다시 일어설 테고

철학

엘리자베트를 위하여

우리는 한낮을 견딘다
물가의 돌 같은 법칙도
풀의 부드러움은 떨쳐지게 두는 시간을
바위의 습기와
잎새들에서 떨어지는
태양흑점들은 불도마뱀,
우리의 벌거숭이 등에 누워
낮잠을 자고 있다
물풀은 말이 없다
헤아릴 수도 없는 꽃들
이웃이, 딸기를 보고 터뜨린 작은 단어 '내 꺼'의
　　주위에다 못 박아
울타리를 친다

타야 강가에서 너는 말한다, 너를 엄습했다고
정의 내릴 수 없는 그리움이

우리는 강물로 들어간다
그리움의 정의를 내리러

멜니크*에서 비 온 후에

멜니크 부근에서 몰다우강은
자기 몫의 하늘 한 조각을 엘베강에다 하역한다
(다만 이따금씩 한 모서리 푸르름이
비탈 포도원에서 터져 나온다
그 파편들을 포도원이 포도나무 시렁에다 주며)
산에서 발원하여 흑갈색인 엘베강이,
강물 속으로 가라앉은
하늘 사금파리 가운데서 맑아진다

그럴 때 강물은 한순간
콸콸 흘러가는 물일 뿐, 달리 아무것도 아니다
푸르름은 담고 있다,
그 깊은 곳에 비추이는 대로
그 거울이 포착해주는 대로

이제 너는, 나의 생각까지도 안다,
우리가 붉은 루드밀라를 마시는 동안

* 몰다우강과 엘베강이 합류하는 곳에 있는 도시.

늦여름

사람들이 조아린다,
일식 때,
폭탄 그림자가
땅에 닿을 때
나무 속 새들처럼

모든 산책엔 늦여름이 내려앉는다
우리가 향하는 밀레쇼브카산이
무의미해진다
늦여름이 내려앉는다, 이히(ich)라는 단어와
    리베(liebe)라는 단어 그리고 디히(dich)라는 단어
    사이로.
드디어 내가, 살갗 이야기를 하지 않고, 말하는 단어들

갓 떠오른 시구 하나하나가 놓는 다리에서
늦여름이 내게 기쁨을 떨구어준다

네가 그걸 들고 환자 Č의 턱 안 함몰을 지우는
해부도의 대답을 향하여
시구는, 질문이 되어, 치유한다
하여 모든 외과 의학이 소극(笑劇)이 된다

인간은 조아린다,
일식 때
새들이 나무들 속에서 조아리듯

그러나 지금 멈추어 서지는 않는다
다만 잠잠히 서 있지는 않는다
일식 때에는 고요가 지주가 되지는 못할 테니

지금
다시 또다시 밀레쇼브카산으로 문득 떠나기
다시 또다시 말하기 이히 리베 디히

지금
기쁨을 붙잡기,
그것이 다리에서 추락하면
지금
단호하게
사멸을 거부하기

부탁

타자기로 글을 쓰는 걸
용서해달라, 네가 부탁한다,
할 말이 워낙 많아
치는 게 더 빠르다고
다시 자정이 넘었다고…

나는 안다―
색색깔 타자 잉크 리본으로 네가 팽팽하게 갈아
　　끼우는 건
너의 잠이고
네 건강은
창백한 빛이라는 걸

부탁한다
나를 위해 편지 한 장 쓰는 대신 잠을 자기를

두개골

그게 네 책장에 세워져 있다
츠나임*의 옛 전장에서 발굴된 것
그게 백골이 되도록 너는 그걸 세탁실에서 삶았지**

이미 수백 번 너는 손가락으로
눈구멍의 가장자리를 따라 쓸어보았다
마침 병원에서 바로잡은
골절들을 내게 설명해주며:
Fractura processus frontalis maxillae

오늘 저녁 우리는 바흐를 듣는다,
그런데 네가 아프다

나의 두개골이 으스스해진다

* 모라비아 남부의 도시. 체코어로는 즈노이모.
** 훗날의 시인의 아내 엘리자베트는 의학도였다.

대답

우리 아버지는, 하고 너희가 말한다,
갱(坑) 속 우리 아버지는
등에 금이 나 있어,
흉터가 있어
부스럼 딱지 같은, 떨어진 암석의 흔적들
그러나 나, 나는
사랑을 노래하는 것 같아

내가 말한다
바로, 그렇기 때문에

나의 스물다섯 살 생일

1

나의 스물다섯 살 생일날
나는 한 편의 서사시를 쓴다, 거창하게 압도적으로:
세상은 나를 위해 음악회를 열고,
태양은 우주의 현(絃)을 퉁기고
그 푸른 음이 바다로 쏟아지리라…

라고 나는 생각했다

안개비 내린다
막대기와 기구들로
방파제에서 뱀장어 낚시를 하러 나는
닭 울기 전 정적 속으로 걸어 들어갔다
소리 없이 축축한 모래를 가로질렀다
멀리 바닷속으로까지 층층으로 쌓인 미끄러운 돌들
　　위에
쪼그리고 앉아 당겼다,
붉은 찌를 끈 위로
찌에다는 납을,
갈고리에다는 버러지를 매달았다

빈혈의 하늘이 바다로 내려앉았다

거위 세 마리가 잿빛에다 쐐기문자를 써넣는다
시간이 말뚝들에 닿아 출렁출렁 넘쳐흐른다

그때 찌가 깊이 내려갔다, 나는
뱀장어를 쳐들었다, 방파제에 쌓은 목재 속으로
낚싯줄 실패가 드르륵거렸다
물 밑에서 물고기는 끄는 대로 끌리다가
수면에 닿으면서 튀겼다,
물방울 진주들을

뱀장어 한 마리 초록빛으로 어른거리며
낚싯줄에 매듭을 지으면서
내 낚싯줄이
뱀장어로 무거웠다!
미끄러운데도 아랑곳없이
나는 돌들을 뛰어넘어
물로 들어가
뱀장어를 내려
모래 속에 깊이 놓고
그 몸뚱이에서 진액을 쓸어내며
즐거워하며 바라보았다
세심하게, 대가리를 상하게 하지 않으며
뱀장어는 여전히 몸부림을 치고 있었다
나는 뱀장어를 라바버 잎 한 장에 말아서
집으로 날라 왔다
차가운 지하수에서 씻어,
소금을 뿌리고, 돌그릇에는

파리를 막으려 천 한 장을 덮어놓고
자려고 누웠다

    2
사이렌 음이
깨운다
낮의 밝음을
토요일, 12시
나는 휴가 중, 바닷가에서
카드 한 장이 베갯머리에 놓여 있다,
내 생일이라고 알려주며
내가 스물다섯이 된다고, 어머니는 쓰셨다
그리고 그건 멋진 일이라고.
탁자 위에는 장미가 있다,
두터운 진초록 잎이 달린
커다란, 고운 노랑 장미,
우리는 버터에 뱀장어를 구워
신나게 먹었다, 바삭거리는 껍질을 맛보며
부드러운 흰 살을
혀 위에서 으스러뜨리며
광부들과 함께 나는 저녁에 식탁에 앉았다
그들은 쉰 살
그들은 나의 스물다섯 살 생일을 위해
잔을 부딪쳤다
아홉 살부터 그들은 청동을 캤고,
스물다섯 살부터는 석탄을 캤다
나의 스물다섯 살 생일을 축하하며
우리는 마셨다

3
스물다섯 살 생일날
나는 서사시 한 편을 썼다, 거창하게 압도적으로…

라고 생각했으나

이런 보고문이나 썼다

편지를 썼다

편지를 썼다

내 눈이 숲에게 썼다, 보헤미아에서
나의 갈증이 우물에게 썼다, 모라비아에서
라이프치히의 수십만의 불빛 아래서는
내 사랑이 머리 묶음에게 썼다,
잠자는
작은 소년의 머리에서 솟은 머리 묶음에게

찾고 있는 나의 펜은
찾고 있는 펜 한 자루에게 썼다.

우리 이름 속에 든 번개

마르셀라를 위하여

어머니에게서 물려받은 그림 재능으로
너는 한숨을 쉬어가며 나무 두 그루를 그렸다
유성 백묵을
4분의 1 이상 써가며

네다섯 살 예술가의 자부심이
피조물에다 서명을 하려 했다

요란하게 알록달록한 수고에 몰두한 채
네가 갑자기 물었다.
그런데 번개는 언제 쳐요?
우리는 놀랐다
무슨 번개?
네가 말했다
으응, 번개!?
우리는 예술 작품을 우리에게 가져오게 했다
네가 말했다
우리 이름 속에 있는 Z 자요

정말이다, 처음으로 우리는 보았다
우리 이름 속에 든
번개를
그 번개가 언제 쳤을까?
확실히, 우리가 집에 없었을 때
다행히도—
이름은 번갯불에 타지 않는다
오 애야, 너의 두 눈으로
우리는 무슨 것을 모두 보게 될까

아이들 그림

너는 사각형 하나를 그리고
그 위에 삼각형 하나를 올렸다
그 위에 직선 두 개, 연기가 나게끔—
완성되었다,
집

도무지 믿지 못한다,
무슨 모든 것이 다 왜 우리는
필요하지 않은지

둥글게 둥글게 돌기의 슬기

모라비아 남부로 가는 중에. 루트비히를 위하여

보관 망에
담겨 걸린 외투가 나의 베개
내 잠의 안감은,
날아온 불티에 그을려,
불안이다, 생각들이
소년아, 네 곁에 가 있기 때문이다
유아원에서 탄식했지
너는 미운 아이라고

너는 둥글게 둥글게 돌기를 하지 않으려 했다,
화가 나서, 치받는 이마로
너는 놀이터 모래밭에 버티고 서 있었다
사람들은 작은 두뇌 속에서 뭐가
벌어졌는지 모른다며
움직이지 않으면
힘을 쓰겠다고들 하는데도
너는 작은 주먹만 꽉 그러쥐어
사람들은, 널 저항하게 내버려둔다고 한다
너의 고집이
너를 다시 놀이터 모래밭 위 성으로,
미완성 성으로 데려가기를

내 아들아, 내 사랑하는 아이야,
누가 너를 더 잘 이해하랴,
네 아버지, 나보다,
다른 사람들이 둥글게 둥글게 돌기를 하는 동안 몰래—
시를 쓰기 위해 달아나는 아비보다.
나도 너처럼 그들의 둥글게 돌기에 저항했다,
(나도 언제든 나 자신이려 했다)
그들은 둥글게 둥글게 돌며 나를, 내 상처를 척척 밟았다

두 발로 돌거라,
네가 너 자신에게 확실할 때까지,
네가 창조를 완성하도록,
두 발로 재어지는 창조를!
하지만 생각으로는 떠나라
하늘 아래 높이! 가만히
무지개를 부수어라!
내려와라
달빛 속에서 번쩍이는 돌들을
(굽이굽잇길을 포장하게)!
그리하여 동화가 성 안에서
살도록—
            그때, 네가 그들에게 성을 척 선물해주는 거지

점심 식사 후에 자는 슬기에 대하여

다른 아이들, 착한 아이들은 모두
식사 후에 잠을 잤다
너는 자지 않았다, 너는 잘 뜻이 없어
넋을 놓고
침대 위에 서 있었다지, 창문
밖의 세계를 설명하면서
노래한다, 새가 노래한다고
그러는 너를 방해해도 소용없다
강요하는 손 아래서
벌하는 말 아래서
너는 말없이 기어 나온다
작은 구름 하나, 구름 조각이 흘린
그림자 하나 네 시선을 벗어나지 않는다지
네가 문득 황홀해졌구나,
포도 잎들 속에서 바람은 설렁여라
격려도 엄격함도 소용없다지
너는 미운 아이란다

내 아이, 착한 독일인이
명령에 따라 자고 있다
독일에서는 잠잘 시간에
아무도 깨어 있으면 안 된다

자거라, 너를, 남의
뜻이 굽힐 수 없도록
강요하는 손 아래서
성질은 잠재우거라!
더 고약하게 네가 사람들을
벌할 수는 없다, 나를 믿어다오
다르게 그들을 도울 수 없다
그걸 내가 너한테서 바라야겠구나.

잠드는 법

네 베개는 희고 푸른 주사위 판
구름 주사위 하나, 하늘 주사위 하나
그래서 네가 두 눈을 감으면
그건 백마(白馬)가 돼

그 목덜미를 단단히 붙잡고
그 가죽에 몸을 밀착시켜
기다리면, 꿈 하나가 올 때까지 기다리면,
말은 너를 싣고 떠날 거야

지빠귀와의 대화

지빠귀네 집 문을 두드리다
지빠귀는
흠칫하며
묻는다, 너니?

내가 말한다, 조용하구나

나무들이
애벌레들의 노래를 칭찬하고 있어, 지빠귀가 말한다

내가 말한다. ··· 애벌레들의 노래라고?
애벌레들은 노래를 못하는데

노래를 못해도 괜찮아, 지빠귀가 말한다
걔들은 초록색이잖아

슈레켄슈타인*에서의 잠 깸

조차용 기관차들이 요란하게 잠을 깨운다
밤의 분(分)들이
절반 완성된 낮의 차량들에 부딪치며
철거덕거린다
엘베강 양쪽 연안을 통과하는 차바퀴들이
단 하나의 이득, 고요를 이루려는 모든 사색을 죄다
　　　으스러뜨린다,
오토바이 한 대가 눈꺼풀 아래로 따따따따 달려온다
돌아오려는 꿈 하나
모터의 피스톤에 의해 으스러진다.
타트라(TATRA) 101 한 대가 꿈을 짓찢는다, 배기구에서
울리는 견인 증기기관
암흑의 닻이 강바닥에서 철걱거린다
스피커가 플랫폼에서 1번 홈을 알린다
첫 생각들

부지런한 국민, 체코 사람들
다만—소음만 좀 덜 냈으면

누가 그 마음에다 말해주길,
소음 좀 덜 내라고

프란티셰크 페테르카와의 만남

너는 커다란 갈색 수염에 묻혀 서 있다
당황할 때마다 매번
수염을 대담하게
턱 주위로 휙 넘겼다

그러나 수염 사이로 희미하게 비쳐 나왔다,
네 그림들 뒤에 서 있는
남김없이 추구하는 사람의 창백함이

희미하게 비쳐 나왔다, 너그러움 역시
섬세한 선들 가운데서—
네 펜으로 그어놓은 그대로

한 송이 수레국화처럼
네가 입가에 지니고 있던
절망이라는 불꽃도

아주 작은 거짓말들도 희미하게 비쳐 나왔다,
네 그림 중 그 어느 하나도
그건 숨기지 못하기에

인사 F. P.

지그재그 셋
붓 획 셋
커다란 원이 있는 지평선:
그건, 돛단배 세 척이 태양을 향해 달려가서
빛을 가져오는 것.

아우시히의 사중주

도시의 11월 안개에 싸인 포스터 뒤에
금방 드보르작의 음악이 있지는 않았다
포스터 뒤,
음(音)의 불멸 앞에 있는 건
성대한 그의 생일
잔치

120번째 생일이었다

제1바이올린은
선생님이 연주했다
그는 자신에게는 휴지를 허락하지 않다가
문득 두 음표 사이에서
활을 놓고.
주의 깊게 박자들 너머로 고개를 끄덕였다
아무도 악보에서
벗어나는 일이 없도록. 그야
악보를, 누구 눈에나 보이듯, 훤히
외우고 있었다, 다른 사람들의 악보대(臺) 뒤까지도

제2바이올린은
변호사가 연주했다

신들린 듯
고객 드보르작을 변호했다
(그리고 완강하게 작품 따라:
그건,
마치 그가 매끄러운 턱으로, 매끄러운 목재에서
음의 신성한 즙을 짜내는 것만 같았다)

독보적이었다,
마치 자기가 드보르작 자신인 듯,
시립극장 첼리스트는 자기 파트를 꿈꾸었다
하지만 그때 어땠던가,
스필빌에서 그리고 새가 세 번째 악장을 위한
모티프를 찾아냈을 때 어땠던가…

비올라의 만곡 위에서,
피아노 피아니시모에서
포르테와 포르티시모에서
비올라 연주자는 마땅히,
꿋꿋하게, 크게 봐도 디테일에서도
완전히 조직자, 활을
그을 때면 매번 보였다ㅡ그가
사중주의 등뼈인 것이

즐거운 손가락들 가운데서 혹여
음 하나가, 완전히 잡히지 않은 채로
튀어나오기라도 했더라면ㅡ
그는 깨끗하게 나와버렸으리라, 그의 악보에서도
마음에서도

보헤미아의 드보르작

무대로 되불려 올라와
비올라 연주자가 말했다:
안토닌 드보르작, 쿼텟 디 마이너 오푸스 치체트 치티르지

그때야 갑자기 느껴졌다:
너 타국에 있구나
너 타지에 있구나

하지만 단
두 단어* 길이만큼만

* 치체트 치티르지(třicet čtyři). 체코어로 숫자 '34'를 뜻함.

팁

바위가 황금 발 하나를 가지고 있다
여기 고마운 작은 곳
— 호텔 손님들의 발언

아직 한 번도 바위의 발이 황금인 적 없다
그 발가락들 사이에는 맥주 통이 놓여 있다
티사의 여관에서는
벌써 늘, 황금이 그 발을 달리게 했다
그 발 딛고 맥주가 소풍객들의 탁자로 서둘러 가고
그 발 딛고 땔감과 감자가 부엌으로 가는 계단을 오르고
그 발 딛고 양동이와 걸레가 방에서 방으로 간다

아직 한 번도 바위의 발은 감사해한 적 없다
다 닳은 신발 아래서
티사의 여관에서
벌써 늘, 발들은 달려 감사를 얻어냈다
그 발 딛고 농담 하나가 소풍객들의 탁자들로 다가가고
그 발 딛고 밤에도 일곱 번째 지하실에서 희귀한 술
        방울이 솟고
그 발 딛고 잠과 안부를 묻는 질문들이 손님 뒤를
        따라간다

하지만 자정 무렵이면 발 들인다,
티사의 여관에서, 바위 발치에서, 고통이
인생에서는 하루가 **빠져버린다**
황금과 감사는
동전

그리하여 아무것도 남은 게 없다
그 많은 사람들로부터

타야 강물 속에서

나는 하늘을 쪼개 나눈다, 숲들을 쪼개 나눈다
그 위에 고요가 어려 있는
돌처럼 서늘한 타야 강물 속에서는
강물의 수압이
마음을 짓누르는 압박을 제거한다

나는 추억들을 벗겨낸다, 바위 그늘에서
열에 들뜬 밤들의 옹호, 열을 일으키는 그림들
병균처럼:
그걸로 무너질
그걸로 무너질 벽들 뒤의 불신
너희 보이는가, 그자의 두 손 안에서 장미 한 송이가
    피어나는 것이?
너희 그게 보이지 않는가? 한 송이 장미
하지만 우리는 장미에 찬성하지 않아
우리는 질서에 찬성하지

장미에 찬성하는 사람은
질서에 반대하는 것
장미 잎 하나가 다른 잎과 비슷한가? 좀 보거라!
장미는 얼마나 많은 잎을 가졌는가
장미는 카오스

그자가 꾀하는 게 카오스다
그런데 카오스란 뭔가?
그건 질서의 몰락이지
그자를 감시하라! 그자가 질서의 몰락을 꾀한다

보아라—그들 모두가 장미에게 눈길을 보내고 있다
그자가 질서를 죽인다, 눈길들, 배반자!
저기, 저기—가시 하나! 너희 안 보이는가? 장미는
        가시가 있다!
도와줘! 우리가 피 흘리고 있어! 장미가 우리를 공격했어
우리는 질서에 찬성인데
장미가 질서를 공격했다
장미를 판결하라! 그자의 두 손을 판결하라!
그자는 질서의 적(敵)
질서에서 그자를 배제하라!
판결하라! 판결하라! …

나는 하늘을, 숲들을 쪼개 나눈다,
그 위에 고요가 어려 있는
돌처럼 서늘한 타야 강물 속에서는
기분 좋게 우두둑
등뼈가 펴진다

사죄

엘베 강가 아우시히의
지역 병원 세탁부들에게

도시 상공의 화학물 덩어리가 내
신체를 분진과 화차 매연으로 가득 채웠는데
얼마 전 주간신문 〈SEVER〉에 의해 "공기"라는 개념으로
정화되어 제공받아
폐 속에 시꺼멓게 남아 있고부터
(엘베 상공의 안개 쇼크와 더불어)
나는 넉넉히 선물 받고 있다,
의사들의 지혜로, 간호사들의 수고로써,
심전도, 뢴트겐 광선, 실험실 분석들을,
자동 백신, (아주 값진 원자재로
생산되고, 모든 신사 나라들로부터
수입된) 약들을,
병원 지하실의 난방기의 야간 작동을
주사 후에 잠잘 흰 침대 시트를…

연구하는 의사의 질문에
또 헤아릴 수 없는 흰 꽃들 중 가장 작은 것에 대해
탈진해 감긴 눈꺼풀 아래서
내가 풀썩 그 안으로 쓰러지는 그 흰 것에 대해
내가 감사함을 나는 증명하고 싶다

수련생처럼 나는 간호사들을
어깨 너머로 흘긋 바라보았다,
내일, 내 침대 시트를 반듯하게 해놓아
그이들을 놀래키려고

그이들은 눈길의 갈색 또는 푸른색 메달로
내게 상을 준다

한 번도 나는 반점에서 정맥의
누런 뭔가가 깨끗한 리넨 속으로 배게끔 누르지 않았다

하지만—
나는 용서를 빌어야만 한다

비자가 만료되는 밤들에,
내 시계가 똑딱임으로써
내 안에서는 오래된 상처가 터져, 생각이 맴돈다, 모양
　　　잡히며
극복되지 못한 과거 속으로 회귀하기 위하여…

벗겨낸 빨래 더미 속 고약한 잉크 얼룩이 묻은 침대 시트가
내 것이다

내 도시에 도착

1
위대한 체험의 경계를 넘어오며,
여행용 외투에 감싸여서도 한기를 느끼며
나는 다시 걷는다
나의 도시를

도시는 풀어낸다,
고요로부터 아침을

작은 골목 안 구두 뒤축들의 또각임,
전차 벨에서 튀어나오는
땡땡 소리,
자동차 차주가 차 문 닫는 고상한 소리,
아스팔트 위에 이슬이 내렸다는 착각을 깨부수는
그 살수차,
상공의 종소리를
엷게 한다
종소리가 나직해지기 시작한다

태양이 잿빛을 연다

도시가
모든 색채를 길거리 위로 보낸다
집들 벽의 파스텔 색조들이 거기 있다
문득.
내가 첫 색이다! 아니, 나! 나다!
전차 차고에서
덜컹거리며 상앗빛이 나오고 있다
차고들에서 굴러 나오고 있다,
연파랑이 택시의 허리띠를 차고
경찰의 진초록이,
그 어떤 자동차들의 연한 연둣빛이,
소방서의 빨강이,
시립 장례식장의 검정이,
우체국의 노랑이

도시는
색깔들에다 냄새를 섞는다
열린 문을
비질하는 여자가 빗자루로 밀어내는
구두 가게에서 나는 가죽 냄새,
식당의 환풍구에서 나는 맥주 훈김,
약국에서 나는 비누 향,
커피 볶는 향,
생선 가게의 비린내,
간이매점의 목재에서 나는 담뱃내,
어느 집 마루의 곰팡내,
내가 다니는 대학의
창문들에서 나오는 고였던 공기,
라벤더, 제비꽃, 장미를
한 가닥 입김으로
내건다

나는 걷는다,
어느 젊은 여인의 목욕한 피부 근처를 지나
독하게 달콤하게 마취시킨다,
내 도시의
껍질은

2

어떤 샘물을 나는 알고 있다, 모라비아 남부에
잠들어 있는 샘물
지류 아래는 이끼를

한 자루 칼처럼 나는 내 도시의
껍질 밑으로 밀고 들어가
도려낸다
핵에 닿을 때까지

그래도 그런 물은
한 방울도 솟지 않는다

3

이제 나는 내 꿈들 속에서
오래 도중에 있다

나는 가리라
주차하고 있는 소음들의
광장에 또 차도 경계석 가에 멈추어 있는 질주의
　　정적을 뚫고

택시에 허리띠로 둘린 연파랑을 뚫고
나무들에다 마술을 걸며
전자처럼 맴돌 택시의
그 사치의 헤드라이트를 와이퍼로 가르며
노랑의 차로들이 교차하면
나는 뚫고 가리라

벌거벗은 살의 향기를
따라 서둘러 가리라
(기억만이 아니라
더 많은 것을 구출하러)

무수한 궤도의 빈틈들이
내 잠의 풀밭을 폐허로 만들리라

한 사람은

연필 들어 달에게 노크하며

말하리라

도브리 덴! 체스코슬로벤스카 파소바 콘트롤라*

캄 예데테, 파네?**

어디로 가세요?

그러면 내가 말하리,

모라비아 남부에 있는 어떤 우물로,

잠든 우물로

지류 아래는 이끼

그러면 그가

경의를 표하리라, 마치 내가

체코슬로바키아 국가라도 노래하는 양

하여 나는 달리고 달리리라

아침마다 시인이 되어

잠 깨기 위하여

* Dobrý den! Československá pasová kontrola(안녕하세요! 체코 국경
  검문소).
** Kam jedete, pane?(어디 가십니까, 신사분?).

지평선들

시인 얀 스카첼을 위하여

나는 무지개 때문에 고발당했다
우리 도시의
많은 집들에는
위대한 색채 흑과 백이 들어앉아 있다

그 창문들에 담긴 하늘은 응고되어 있다,
내가 길거리에 발 디디면
(내 손 위에 놓인
근근한 무엇인가가
무지개처럼 빛나며
위대한 색채 흑과 백을 놀래켰을 때
나는 말했다. 이건 언젠가 꽃 필 거야
그러고는 손을 오므렸다
이제는 사람들이 안다, 내가 무지개를 들고 다닌다는 걸)

나의 잠 곁에서, 돌아가는 그들의 회전 기계 위에서
그들은 그걸 복제한다, 오고 있는 날을 위하여
그걸 침묵으로 은폐한다
(위대한 색채 흑과 백은
살아 있는 것이 무시무시하므로
숨을 쉬는 그 숨구멍들을
틀어막는다
이렇게는 살아 있는 것이 꽃 피우지 못한다)

위대한 색채 흑과 백의 사이에는
그러나 커다란 빈틈이 있다
그 빈틈으로 나는 도망쳤다

이제는 안다
장미에겐 많은 가능성이 있다는 걸

아픔새

이젠 서른인데
나 독일을 모르네
국경 도끼가 독일 숲을 찍어
오 나라여, 쪼개졌구나
사람 속에서

하여 모든 교량이 교각 없이 떠돈다

시여, 솟거라, 하늘 향해 날거라!
솟거라, 시여, 되거라
'아픔'새[鳥]

민
감
한

길

sensible wege

체코 민중에게, 슬로바키아
민중에게*

* českému národu, slovenskému národu / českému ľudu, slovenskému ľudu
체코어와 슬로바키아어 두 가지로 씀.

그러자 아름답게 캄캄했다

키 큰 나무숲*은 그 나무들을 키운다

키 큰 나무숲은 그 나무들을 키운다

나무들에게 빛을 잊는 습관을 들이며, 강요한다
그들의 푸르름 모두를 나무 꼭대기로 보낼 것을
모든 가지로 숨 쉬는
능력을,
오로지 저렇듯 기쁨에서만 가지 치는
재능을
줄일 것을

그 숲은 비를 채로 거른다
상습적인 목마름을 예방하느라

키 큰 나무숲은 나무들을 더욱 키 크게 한다
우듬지에 우듬지가 잇대어
이제 나무가 보는 것은 다른 나무뿐,
어느 나무나 바람에게 하는 말이 똑같다

* 숲을 조성할 때 나무를 밀식하면 나무가 쓰임새 있게 곧게 자란다.
 "키 큰 나무숲"은 개성보다는 유용성을 강조하는 사회에 대한 은유다.

베토벤을 가져오는 사람들

루드비크 쿤데라를 위하여

그들은 집을 나섰다, 베토벤을 가져오려고
누구나
그런데 마침 음반 한 장을 가지고 있기도 해서
그들은 얼른 깨달아 연주하였다
심포니 제5번 C 마이너 작품 67번을

인간 M.*이 말했다
그 음악은 자기한테는 너무 시끄럽다고 그것이
자기를 늙게 만든다고

밤을 지새워가며, 베토벤을 가져오는 사람들은
길가며 광장 가에 전봇대를 세웠다
전선을 팽팽히 드리우고 스피커를
단단히 매달았다 그리하여 아침이 오면서
보다 나은 익숙해짐을 위하여 울려 나오기 시작하였다
심포니 제5번 C 마이너 작품 67번이,
멀리서도
들리게끔 충분히 크게

인간 M.은 그러나 머리가 아프다면서
점심경에 집으로 돌아가 잠갔다
출입문들이며 창문들을 그러고는 찬양했다
장벽의 두터움을

도전을 받은 터라, 베토벤을 가져오는 사람들은
전선을 장벽에 묶어 스피커를
창문 뒤로 매달았다
심포니 제5번 C 마이너 작품 67번이
창유리를 뚫고 들어가도록

인간 M.은 그러나 집을 나와 삿대질을 하였다
베토벤을 가져오는 사람들한테
그렇지만 누구나 그에게 물었다
베토벤한테 무슨 감정이 있으시냐고

공격을 받은 터라, 베토벤을 가져오는 사람들은
인간 M.의 집 대문을 두드렸고, 그가 문을 열자
문지방 너머로 발을 들여놓았다, 청결을 찬양하면서
그들은 들어섰다
우연하게도 이야기가 또
베토벤에 미치게 되니
이 테마의 활성화를 위하여 그들은
우연하게도 마침 가지고 있었다
심포니 제5번 C 마이너 작품 67번을
인간 M.은 그러나 철제 국자를 가지고
베토벤을 가져온 사람들을 내리쳤다
그는 바야흐로 구속되었다

살인적이라고 M.의 범행을 일컬었다
베토벤을 가져오는 사람들의 검사와 판사는
그렇지만 희망은 늘 있다고 한다
그는 선고를 받았다
루트비히 판 베토벤의
심포니 제5번 C 마이너 작품 67번 형(刑)을
그러자 M.은 북을 치듯 구르고 소리쳤다
정적이 찾아들 때까지

그는 이미 너무 늙었다고 베토벤을 가져오는 사람들은
    말했다
그들 말로는, M.의 관(棺) 가에는 그렇지만
그의 자식들이 서 있다고

그런데 그 자식들은 조처하였다
인간 M.의 관 가에서
심포니 제5번 C 마이너 작품 67번이
연주되게끔

* 마르크스 혹은 마르크시스트를 지칭하는 것이 문맥에서 뚜렷함.

우화의 끝

옛날에 어떤 여우가 있었다…
라고 수탉이
우화를 짓기 시작한다

그러나 수탉은 알아차린다
이렇게 나가서는 안 된다고
여우가 그 우화를 들었다가는
자신을 물어 갈 테니까

옛날에 어떤 농부가 있었다…
라고 수탉이
우화를 짓기 시작한다

그러나 수탉은 알아차린다
이렇게 나가서는 안 된다고
농부가 그 우화를 들었다가는
자신을 잡아버릴 테니까

옛날에…

이리 보고 저리 보아라
그리하여 이제 더 이상 우화란 없다

예술의 끝

넌 그럼 안 돼, 라고 부엉이가 뇌조*한테 말했다
넌 태양을 노래하면 안 돼
태양은 중요하지 않아

뇌조는
태양을 자신의 시(詩)에서 빼버렸다

넌 이제야 예술가로구나,
라고 부엉이는 뇌조에게 말했다

그리하여 아름답게 캄캄해졌다

* 꿩과의 덩치 큰 새.

맥주 배달꾼에 관한 노래

맥주 배달꾼 비어만* 없이야 어디에 맥주가 있으랴?
술통 속에 있지

    이곳저곳으로 따라주는
    생맥주 흑맥주
    너희는 마시려 하지 않았다

누가 이제 이 맥주 배달꾼 비어만의 맥주를 마시는가?
그라스**가 마시지

    이곳저곳으로 따라주는
    독한 맥주 순한 맥주
    너희는 마시려 하지 않았다

맥주 배달꾼이 너희 사람이라고?
원 별말씀을!

사람은 사람 맥주는 맥주다
맥주 배달꾼 비어만은 저곳으로부터 이곳으로 왔는데
너희는 마시려 하지 않았다

* 시민권을 박탈당해 동독에서 서독으로 넘어온 시인 볼프 비어만(Wolf Biermann)의 이름의 원뜻을 보고 '맥주(Bier)'와 '사람(Mann)'으로 나누어 변형시켜 쓴 풍자시이다.
** 비어만을 옹호한 작가 귄터 그라스.

어느 작은 독일 도시

로이스-슐라이츠-그라이츠 그리고 포머른 오지
— 하인리히 하이네

삼각조망

1
그라이츠 초록빛
피난처 나는
희망한다

책들로부터 내몰려 차단당하고
신문들로부터 내몰려 차단당하고
넓은 방들로부터 내몰려 차단당하고

내가 다시, 또다시 선택하게 될
이 땅에 갇혀

나는 희망한다
너의 초록빛으로

2
나는 희망한다
도끼가 휘둘릴 때마다 번번이 운반되기를
내가 목말라 죽는 형벌을 받고 있기에

새해 아침의 물고기 타기

도시가, 미끄러운 도시가 가만히 웅크리고 있다

아, 이제야 알아보겠구나, 너는
한 마리 물고기로구나

이런, 내가 균형을 잡고 있잖아 한 마리
물고기 등 위에서

지붕들, 너희가 말한다, 언제까지나 민숭민숭한 지붕들,
    그게
은빛 비늘이라고

그래그래, 동화 속 물고기 한 마리, 성(城)을
그는 왕관처럼 이고 있다

요술에 걸린 왕자님
로이스
정박아 왕자님

그래 좋아, 우리도 잠을 자자꾸나
그러고 점심때면

왕자님은 다시 하나의
도시가 되어 있을 거야

날과 행동 사이를 달리는 기사

새들의 노래가 잠을 흩는다

생각들이
마음에 박차를 가한다

생각들이 내닫는다, 나는
누워 있는데

생각들은 마음을 너무 내달리게 하여 망가지게 할 게야,
　　　내가
자리에서 일어나지 않으면

첫 여름날

여인들이여 나는 본다 그대들이
유리창 닦는 모습을

그리고 하늘, 영롱한 새가
그대들의 유리창 안으로 떨어지고 추락한다 저녁까지
저녁의 염증 난 눈이 다 타서 사그라들 때까지, 그
잿빛 눈먼 새, 그
검은 새, 그
노란 눈이 그대들의 벗은 모습을 본다

여인들이여 내가 본다 그대들이
유리창 닦는 모습을

저녁이면 유리창들의 빛의 이야기를
전하리라 아름다운 이야기처럼
부끄러운 이야기처럼
세워 앞을 가린 손 뒤의 이야기처럼
뜻하지 않았던 이야기처럼

여인들이여 내가 본다 그대들이
유리창 닦는 모습을

천(千)의 꼬리를 가진 비도
이 밤만은
창유리를 때리지 말기를,
모든 창문이 성호를 긋는다* 하여도

* '때리다' '긋다'가 동일한 동사이다. 여름의 쾌청, 유리를 닦는 행위의
  경건함과 억눌린 사회적 분위기, 통제된 정보가 풍자되고 있다.

자전거 타기

기분 전환, 자아
숲으로 가지

자동차 모는 사람들이
어른 같은 미소를 지어 보인다

그리고 정말로, 숲속
가지 뻗은 오솔길 위에서는, 따다닥 따다닥
바큇살에서 아이들 장난감 소리가 난다

우리가 내릴 때면
탈탈 치던 체에서 내려지듯 자전거에서 내릴 때면, 정신은
고운 모래

놀이하도록 유혹한다

담배 공룡

담배를 피울 때면
아빠는 공룡이야
— 딸

나는 한 마리 공룡이다

이제 너는 이해할 거야
우리 발밑의 숲을

이제 너는 이해할 거야
우리 발밑의 골짜기를

이름 바꾸기

아빠는 찌른다 아빠는
고슴도치
— 아들

나는 고슴도치다

내 가시들은 그러나 꽃이다
어린이 생일날의 꽃다발이다

나비들이 날아와
여기저기 앉아 있다

잊으렴, 내 아들아, 나는
네 아버지가 아니다, 다만
한 마리 고슴도치 그러나

꽃 핀다

플래카드

욕을 먹으면서 너는
내 문에다 붙였다
플래카드를: 한 마리

사자를

손으로 그려진 손 크기

서커스 사자 한 마리: 높이 올려진
뒷다리는 마치
물구나무서기를 하는 것 같고
무서운 눈은 집요하게 기다리고 있는 것만 같다
후려치는 회초리를

딸아, 결코
그 절묘한 기술이 나는 터득되질 않는구나

조각 습작 세 점

엘리 - 비올라 나마허를 위하여

1

베여 쓰러진 다음에도
나무 속의 나무는
천천히 죽을 뿐

사람 속의 사람처럼

사람에게서
심(芯)을 빼고
속을 파내기

그게
쓸모 있게 만드는 일

2

(성탄절 예수 탄생 모형 제작 의뢰)

인민이

황소와 당나귀를 원한다

그들이 내쉬는 입김도

될 수 있다면

목재로

제대로 자연스럽게

3

다시 또다시 십자가에 못 박혀 있다

그리스도는

목재와 돌 안에

청동과 강철

유리와 석고 안에

그러나 부활

여름 궁전(夏宮)의 세레나데

1
정원을 향한 넓은 홀 육중한 촛대 하나

촛불의 도열
그것에는 수 세기를 거쳐온
그 알레그로를

눈을 감은 채
쳄발로 연주자가 친다
마음으로 깨달은 사람

그 마음의 깨달음이 문득문득 비쳐 나온다
기예에서 틈새*에서

우리는 미동도 없이
앉아 있다 마치 우리 마음속에서도
촛불** 하나가 켜져 있는 양

2

그다음, 공원에서
검정 딱정벌레들이 흩어져 날아간다, 바이올린 통을
옆구리에 낀 채, 시내로
그들은 걸어서 간다(저녁에 서늘하여 입은 외투 밑에
검정 날개가 매달려 비어져 나온다)

우리가 뒤따라가며 찾는다
황금의 교각들을

* "틈새(fuge)"는 푸가 형식을 뜻하기도 한다. "기예"로 번역한
 '예술(kunst)' 역시 '기술'로도 번역된다.
** '촛대(Leuchter)' '깨달음(Erleuchtung)' '깨달은 사람(Erleuchteter)' 등
 빛을 어근으로 한 단어들을 통하여 빛과 노련한 연주자, 탁월한 음악을
 아우르고 있다.

사과 먹는 사람

R. W.를 위하여

네 취향은
떨어진 것 쪽

마치 절이라도 하는 듯하다

그런 사과를 줍겠다고
아무도 수고 들이지 않지만 떨어진 사과는
가장 잘 익은 것이라 한다

마치 시간을 헤치듯
너는 풀과 잡초를 헤치고

나는 멋진 이야기가
떠오른다

얘기 하나하나 속에는
열 가지 검은 지혜

가지에 매달린
사과만 사과라 믿는
사람의 경험은
아직 시다

권력과 정신

아니다 이제는 그들이 매복하여 (그가 집 나서기를)
기다리지 않는다, 이제는
포석에 바싹 붙어 차를 몰지도 않는다 (승차, X와의
면담), 차 속에서
총의 안전장치를 풀며

이제는 그들의 반사경이
그를 눈부시게 하지도 않는다

오직 그의 마음속 기억만
또렷하게 노출을 받고 있다

우체통 가에서

우표가 물구나무를 섰다
머리가 물구나무를 섰다

실수로
실수로?

_ _ _ *

제일 좋은 건
봉투를 새로 마련하는 것

* 검열의 흔적으로 짐작됨.

어느 신문받는 여인을 위한 찬가

고약했던 건
옷을 벗는
순간이었다더라

그다음은
그들의 시선에 그대로 내맡겨져 그 여인은
모든 것을 듣게 되었다더라

자신에 관하여

단기 교육

변증법
무지한 자들아 너희가 언제까지고
무지하도록

우리는 너희를
교육하겠다

미학
제국주의를
무력화하기까지는
동맹원으로 간주될 수 있다

피카소도

윤리학
중심에 선 것은
인간

개인은
아니다

독일 독일

알렉산드르 솔제니친을 위하여

당신의 의연함을
그들이 자랑하는
소리를 나는 듣는다

훈장이며 상처로
수상받은 어느 연대장의
의연함이 아니라

긴 망명을 언도받은
어느 승리자의
의연함이 아니라

그럼에도 글을 쓰는
어느 시인의
의연함이 아니라

유일한 의연함이 되어
한 의연한 자의 책을
침묵으로 은폐한 의연함을

그들이 자랑하는
소리를 나는 들었다

검열의 필요성에 관하여

모든 것은
곱게 수정될 수 있다

안 되는 것은 오직
우리들 마음속의
네거티브필름*

* 네거티브필름에 수정을 가하면 보정된 고운 사진을 뽑을 수 있다.
  'das negativ'는 '네거티브필름'뿐 아니라 '부정(否定)'으로도 번역된다.

안테나

1
톱으로 잘라내겠노라, 거리가
위협했다

안테나는 용마루 아래로
도망쳤다, 그러자

집이
손가락질하였다

안테나는 방 안으로
도망쳤다, 그러자

벽들이 그걸
가리켰다

안테나는 도망쳤다
머릿속으로, 머리는

안전을 제공했다

2
당분간

유리창 닦기에 관한 두 번째 시

창틀을 소독하기
창살의 가능성으로부터, 소용돌이를
교수형의 가능성으로부터, 장식 돌림띠를
마지막 걸음의 가능성으로부터

창유리를 닦기, 아무것도
눈길 흐려놓지 말라고

그 빛을
밤에는 침묵으로 감추지 않아도 되는
창들의 평화를
호흡하기

매일

엘리자베트를 위하여

하루하루는
한 장의 편지

저녁마다
우리는 그것을 봉인한다

밤이
그것을 멀리 나른다

누가
받을까

낭독회

거기에는 함께 쓴
사람도 있었다

말 하나하나
구절 하나하나

썼는데

아침에는
신문들이 침묵했고

저녁에는 브라운관이
보여주었다

견고한 평화의 영상들을

Z.에서의 귀향

내가 길에 붙여 담장을 쌓았다
슐로츠바르츠
살벌하게 무성한 감방들
석재(石材)의 악성 종양

노란 버스가 주춤 물러선다

비가

바이마르
독일 참나무에 매달린
작은 조종(弔鐘)*

너는 종을 울린다
제후 무덤**으로 오라고

너는 종을 울린다
에터스베르크***로 오라고

너는
종을 울린다

한데 어디에 있지
새들은

---

* 배경에 독일의 나라 나무 '참나무'와 괴테가 있다. 고전과 더불어
  인본의 괴테 도시 바이마르 근교에는 나치의 만행이 자행된
  부헨발트라는 수용소가 있는데 그 안에는 괴테가 즐겨 그 아래 앉았다는
  참나무가 있다. '괴테 참나무'라 불리는 그 나무에만은 유대인을
  매달지 않았다고 한다.

** Fürstengruft. 바이마르 중심에 있는 묘원. 제후들뿐만 아니라 독일
  고전주의의 거두 괴테, 쉴러 등이 묻혀 있다.

*** Ettersberg. 바이마르 근교. 야만적인 부헨발트 수용소가 그 지역에 있다.

122

그라이츠 기억

집들이 늘어선 기슭
소박한 사람들이 그린 듯하고, 길게
지붕들을 따라 거리들은 이어지고 굴뚝들은 늘어서
　　　있구나
이정표석처럼

성탑에는
깃발들, 동쪽 서쪽으로
내걸렸고, 두 마리
비둘기는 두 개의 귀

교회 첨탑은
하느님의 신발을 짓는
구두장이 송곳

숲들, 숲들
말을
끝까지 입 밖에 내지 않기

11월

도시, 물고기, 미동도 없이
너는 깊은 곳에 서 있다

얼어붙은
우리들 머리 위 하늘

- - -

겨울나기,
주둥아리는 물 밑바닥에 대고 있기

세계를 향한 배고픔

마리엔바트*에서의 아침

무덤방석
처럼 깎인 공원 잔디

- - -

솟는 샘물의 부드러운 물줄기를 당겨
울퉁불퉁 불거진 땅**이 종을 울린다

* 마리엔바트는 잘 알려진 온천장. 괴테가 만년에 자주 체류한 곳으로,
  만년의 사랑을 「마리엔바트의 비가」로 남긴 곳으로도 유명하다.
** (현재의) '울퉁불퉁 불거진 땅(Galle)'은 '담즙' '노여움'의 뜻을 동시에
   가지고 있다.

석주(石柱) 회랑의 콘서트

참새들이 적어놓고 또 쪼아 올린
한 음 한 음, 왈츠가
울린다

불멸의 위용으로 왈츠는 구두창 바닥으로 와지끈와지끈
    밟는다
모래 가득한 푸른 도나우강을

포석 위에서 노여움*이 춤추고 있다

* Galle. 앞 시의 각주 참조.

민감한 길

샘물들 위의 땅은
민감하나니 나무 한 그루도
베여서는 안 된다, 뿌리 하나
뽑혀서도* 안 된다

샘물들이
마를 수도 있으니까

얼마나 많은 나무들이
베였던가, 얼마나 많은 뿌리들이
뽑혔던가

우리들 마음속에서

* gerodet. 개간을 위하여 뽑힌 것을 뜻한다.

자정이 지나서까지 모라비라에
가 있었던 일

잡아당기는 손에 끈질기게도 저항하던
길가 들상추

할라스 근교 묘비 가에서, 진실처럼
가차 없이, 그 풀은 시들었다
우리가 가기 전에

가로수들에는 대롱대롱
재생초 풀단들이 박쥐처럼 걸려 있었다

그 많은 자두에 대한, 그 많은
쓰이지 않은 문장들에 대한
친구들의 한숨을 우리는
뾰족한 나무 꼬챙이에 꿰어, 거대한 불 속에
구웠다
먹을 만하게

둑에서는
북두칠성 수레*가 기다렸다

팔마다
자두나무를 하나씩 안고, 빈터를 뒤로 남기며
우리는 집주인의 정원으로 들어갔다

서서히
그 공간들은 채워지리라
시간으로

* Große Wagen. 독일어 직역은 '큰 수레' '차'이다. 커다란 자동차가
  기다리는 것 같다.

브르제시체의 E.의 집에서

그는 우리를 도공의 선반 위에다 올려
항아리로 빚었다

스카첼*은 바로크적인 모습으로 이목을 끌었다
술리코프의 양파 모양 교회 탑처럼

쿤데라는 자신의 소망에 따라
삼각형(예술품)이 되었고

두 손의 부드러운 눌림 아래서 나는
모라비아산 항아리가 되었다

그러더니 명인은 우리를
민들레술로 채웠다

석물(石物)처럼 무거워져
우리가 떠나올 때, 나무에 달린 사과가 때렸다

내 이마를

* 체코 문인 얀 스카첼. 곧이어 나오는 것은 밀란 쿤데라. 제목의
  지명은 보헤미아/모라비아 고원의 작은 마을. E.는 체코 도공이고
  민들레술은 실제로 있는 술이라는 주가 시집 뒤에 달려 있다.

모라비아의 마을

페터 후헬을 위하여

다섯 해를 두고 아무도 결혼하지 않았다
토우보르시에서는 아무도
죽지 않았다 아이 하나
태어나지 않았다

소리 없이 산기슭에서 피고 있다
길지킴이꽃이

한 잔 재스민 차에의 초대

들어오세요, 벗어놓으세요, 당신의
슬픔을. 여기서는
침묵하셔도 좋습니다

어느 약속에 대한 경고

밀란 쿤데라를 위하여

밀란, 우리의
방명록의 빈
면, 그대가 온통 벌거숭이로 누워 있구나
책상 위에 펼쳐 놓여

그래그래,
체코 말은 못 하지

뒤셀도르프* 즉흥시

하늘이 땅을 끌어당긴다
돈이 돈을 끌어당기듯

유리와 강철의
나무들, 아침이면
이글거리는 열매로 가득 차고

인간은
인간에게
밀쳐내는 팔꿈치**

* 뒤셀도르프는 서독의 전형적 상업도시, 즉 자본주의의 면모가
  뚜렷한 도시.
** 남들을 팔꿈치로 밀쳐내듯 밀어내야 나아간다는 식의 비정한 경쟁이
   자행되는 능률 사회를 독일에서는 '팔꿈치사회(Ellenbogengesellschaft)'
   라고도 부른다.

작은 여행 소나타

알레그로 비바체
울타리 구멍을 빠져나오는 닭처럼
몸을 숙여, 부리는 거의
땅바닥에 닿고, 두 날개는
접은 채로, 그렇게
나는 나를 쑤셔 넣어
차단 횡목 밑을 빠져나왔다

가진 건 아무것도 없다
세계를 향한 나의 배고픔뿐

날개 침 한 번에—보헤미아 모라비아 슬로바키아
두 번에 헝가리, 그다음에는
몸을 털고,
몸을 빼고
그리고 까악 울었다

그리고 태양이 아직 뜨지 않았기에
나는 집어 물었다
낟알 한 알을

제아무리 루마니아에서라도 옥수수가
부리 속에서야 못 자랐지

    아다지오
크론슈타트,* 카르파티아 산자락**에
용접되어 붙어 있는 왕관 도시,***
내 두 발에도 붙어, 내가
더 가지 못한다

아니, 부쿠레슈티에 형제는 없다, 다만
형제들이 있을 뿐

브랑쿠시는 그러나 셈에 넣지 않았다

그리고 어딘가 높이 루마니아의 태양,
모진**** 달러,
다정한 감정과 맞바꾸어서는 좀처럼 벌어들이기 어려운

스케르초

부쿠레슈티 위에 내리는 일곱 날의 비
하지만 친구들은
커다란 흰 치즈 하나를, 빛을 내는—
태양 하나를 굴리며 길거리를 지나간다, 수염을
친구들은 우산처럼 받쳐 들고 있다

모든 기차의 종착역은 프라하

(트리오 대신)

칼끝으로 찍은 채로 우리 맛보았다
양 치즈며
시구를
치즈는, 친구들이여,
소금에 절어 짰다

끈질긴 알레그로 오스티나토
비쳐드는
구겨진 한 줄기 빛,
루마니아의 어두운 호주머니 속에 서서 짓눌리고,
　　빗속에서
교환되고, 주먹만 한 딸기, 닭들(산 채로
묶인), 장미며 마늘 사이에서
으깨지고, 야생마처럼
펄쩍펄쩍 뜀박질을 해대는
부쿠레슈티의 트롤리 버스 속에서 몸은 젖혀지고
급사의 손가락으로, 시인의 손가락으로, 민병대의
손가락으로 툭툭 건드려지고
형제 손들로 지탱이 되어
손 따뜻하게
그렇게

나는 눈을 떴다,
나의 조국으로 되이송되어
세 번, 뒤집혀
진짜임을 시험받았지, 하지만

아무도 몰라도 내게는 남아 있지
새로운 친구들의
남모르는 지문이 찍혀 있지

* Kronstadt. 남카르파티아산맥 북쪽 가장자리에 있는 유서 깊은
  루마니아의 문화도시. 근래에는 산업 중심지가 되었음.
** 산자락과 발은 같은 단어 'fußdla'.
*** 루마니아어로는 브라쇼브(Brașov)라고 부른다. 크론슈타트는 '왕관 도시'
  혹은 '왕실 도시'라는 뜻의 독일명이다.
**** hart. 딱딱하다는 의미도 동시에 있다.

부다페스트의 다리들

엘리자베트를 위하여

다리들은 사랑함을 기억시킨다

그것들이
다리 놓아주는 까닭에
　　연인들의 두 팔이 밤을
　　페니스가 죽음을 다리 놓듯

그것들이
새롭게 다리 놓는 까닭에 그리고
　　그럼에도
　　그럼에도
　　그럼에도

다리들은 사랑함을 기억시킨다
사랑하는 사람들의 근육을 당기는 듯한 팽팽함을

마르가레테섬
순결의 맹서를 떨치고,
그 다리들의 허벅지를 벌리고 있다, 하늘은
남성의 눈길

발꿈치근과 어깨 사이
단 하나의 아치, 사랑함을 기억시킨다
다리 중의 다리

너의 이름을 지닌 이 다리

헝가리 광시곡

티보르 데리*를 위하여

차장은 제복을 입고 왔다
우편 마차 마부의 제복이다

옆구리에 걸친 검정 가죽 가방에 담아 그 사람이
    나르는 건
도나우강, 이 묵직한
두 겹 편지,
한 점 혈흔으로 봉인된 듯
양귀비 벌판 하나로
봉인된 편지

부다페스트가 봉투에 비쳐 어른거렸다
뇌우를 앞두었을 때처럼

내가 뜯어서는 안 되는데,
헝가리 황야의 밤 나는 오래도록 읽었다
번개의 불모(不毛)한 문자(文字)를

* Tibor Déry(1894~1977). 루마니아 작가. 초현실주의에서 출발하여
  뒤에는 사실주의적 경향으로 옮겨 감. 계급투쟁적인 모티프의
  작품을 썼으나 1948년 이후에는 공산당 독재에 맞서는 작품을 많이
  썼으며 헝가리 민중 봉기 선동자로 지목되어 여러 해를 감옥에서
  지냈다.

푸시킨의 미하일롭스코예*

"전선은 이곳에서
장원을 가로질렀다"

마음 좋이며, 하지만
죄책감은 없이

용서하라

누가
공격자이더라도 지금 여기서 그들이 적으로 삼을 사람은
나

이 열린 시인들의 장원 안으로
누가 빠져 들어오든

* 푸시킨이 젊은 시절에 유폐되었던 곳으로 푸시킨 어머니의 장원.
  여기에 유폐되어 있었을 때 푸시킨의 문학 세계가 민중문학 쪽으로
  접근했다.

백야

하늘에는
연인들을 덮어줄 아무것도 없다

살갗을 가릴
검정 란제리조차 없다

아무것도 없다, 다만
부서져 떨어져 나간 단추 한 개

그런데 그것 또한
빛난다

깨어나라는 외침

분단된 독일의 어느 젊은 시인을 위하여

그대에게 금지되었지
W.로의 여행이
석연치 않아졌다지
그대의 인품이
갑작스레

오인이라고 그대는 쓴다
비방이라고 그대는 쓴다
중상이라고 그대는 쓴다, 무얼

그대 썼으랴, 만약 그대에게
이 여행도
허락되었더라면

베트남을 위한 팡파르

나의 말들을 나는 보내련다
폭격기
　　　폭격기
　　　　　폭격기에 맞서서

나의 말들로 나는 잡으련다
폭탄들
　　　폭탄들
　　　　　폭탄들을

하지만 나의 말들은
　　　　　　수갑이 채워져 있다

1968년 봄 프라하

　　게시판
그대들의 권리를
색깔들이 플래카드로 붙인다: 알 것은
어디서부터인가 그리고 알지 말 것은
어디까지인가

　　극장
팬터마임이
말하는 아이들을 낳아 그 아이들이 말한다

모든 것을

(팬터마임은
먼 곳에서 인사를 보낸다)

　　신문 읽는 사람
거꾸로
읽는다 백성들은 신문을
앞에서부터

스파르타에 맞선 슬라비아의 성문
인생에다 하나의 의미를 주었던 그 문은 이제
2급이다

기초에 대하여
저당권이 신청됨

프라하로부터 돌아옴

1968년 초 드레스덴

하나의 학설은 내 혓바닥 위에 놓여 있는데 그런데
세관원은 이빨 사이를 뒤진다

'우편'이라는 주제에 대한
스물한 개의 변주

1
우편 차가
창 너머로 지나갈 때면
성에가 노랗게 꽃 핀다

2
편지, 너
세계로의 문의
2밀리미터의 열린 틈 너
열린 틈 너
불빛
속속들이 밝혀져, 네가

도착하였다

3
편지함에서 식탁까지의
집배원, 딸아, 네 목소리는
우편 마차의 뿔피리로구나

4
아, 이것 좀 보세요
이 낯선 나라에서 온
우표들 좀 보세요··· 이
나라 이름은 무어죠?

그건 독일이란다, 딸아

5
아
우표가 예쁘네요: 늑대와
일곱 마리 아기 염소 그런데
늑대의 앞발은
아주 하얀데요··· 누가
이 편지를 썼지요?

어쩌면
이 일곱 아기 염소가,
어쩌면
그 늑대가 썼겠지

…늑대는 죽었잖아요!

동화에서, 딸아, 오직
동화에서만 그렇단다

  6
딸아
너 봉투를 약탈하는 거냐? 아, 다만
그 푸른 배와
그 재미난 닭만을 가져간다고?
소인을 읽을 수 있구나
함부르크 파리

우표는 다
거두어 넣고 자물쇠를 채워야겠다

  7
딸아—
우표 모으기 그건
대체 무얼까

네가 나비 우표를 볼 때면
한 마리 나비처럼
가벼워지기

그건 네가 새 우표를 볼 때면
한 마리 새처럼
훨훨 날아가기

     8
아 우표 붙이기의 기쁨이여

편지는
하얀 목덜미
우표는
부적

편지는
한 조각 구름
우표는
새들

편지는
흰 눈
우표는
새앙쥐

편지는
식탁보
우표는
장미꽃

(창구 직원은 우표에
소인을 찍어 한 점
예술품을 만든다)

    9
이 자리 담당자는
우체국 수석 조수 L. 양

나의 벌거숭이 편지를 놓는
차단목 뒤에
그들은
앉아 있다

그들은 마음대로 다룬다
빨간 돌무더기 위의 불의 영이며
작은 고슴도치들 무리며
오렌지빛 옅은 하늘색 나비들을

그들은
신(神)

그들이 내 편지들에게
풀빛 제복을 준다

그들은
상사(上士)

10
우편에 대해
절대 불평 말라

모든 창구에서
네게 거절한다

가장 작은, 가장 값싼
거절할 수 있는 기쁨들—
그 마지막
기쁨을

   11
편지
너는 날아가 국경에 닿는다

나는 너를 위하여
종이로 된 하늘 하나를
보다 높은 속도를 빌어준다

네가
폭탄은 신고 있지 않아

   12
      속달/익스프레스
      베를린(西)   1월 20일 13시
      그라이츠*   1월 26일 21시

편지

베를린(西)   2월 1일 17시

그라이츠   2월 9일

우편 박물관에서는

무슨 말을

딸에게 해야 할까?

13

딸아, 기다리기란

힘겹구나

기차가 올 때

까지 기차가 출발할 때

까지 우리가 내릴 때까지

그렇지만 만약

두 개의 편지 사이에서 사람들이 죽어버린다면

14
아름다운 계집들이
옛날 나폴리 포위군들 사이에
퍼졌었다, 그 대군이
맥없이 쓰러졌었다
매독으로

뉴스란 모두
계집들이다

15
바트 고데스베르크** 9월 4일
" … 우리는 지난번 등기우편에 대하여 조사할 것을
우체국에 의뢰하였음. 지금까지는
아직 결과 없음 … "

바트 고데스베르크 9월 10일
" … 귀하의 지난번 편지에 감사드립니다. 그 편지에서
귀하께서 나의 지난번 편지를 받지 못하셨다는 것을
숙지해야 했습니다 … "

편지들 너희
조국의 모피 외투
속에 슬어 있는 허연 이들아, 기다려라,
우편은
빗이니!

16

안 스카첼을 위하여

집배원들이여, 친구들이여,
내가 우표를 살 형편이 안 되거든
나에게 다오

모자 하나
가방 하나
거리 하나 그리고
많은 우편물을

나는 편지를
한 장도 잃어버리지 않겠다,
접히지 않게 하겠다(주의
커다란 그림엽서의 경우는 조심할 것—나는
알고 있다)

161

조문 편지는
모든 편지가 다 배달되고 날 때
까지 남겨두리라

항상
한 장의 편지를 들고 다니겠다
용기 잃은 사람들을 위하여

(모라비아에서 온 편지만은
한 장도 넘겨주지 말아다오, 내가
시를 짓기 시작할지도 모르니)

17
우체부임

날이면 날마다
기다려짐, 하나의
희망임, 한 걸음 한 걸음으로써
다리 놓을 수 없는 것을
다리 놓음

우체부임

날이면 날마다
사람의 문 앞까지 가기, 그러나
들어서서는 안 됨

     18
초인종이 울린다 ─ 이런
시각에?

속달
편지다! 세계가
하나의 신호를 보내오는구나!

─ ─ ─

안녕하세요 우리는
당신과 이야기 나누고
싶습니다

     19
철창처럼
창살 그림자가 내린다
종이 위에

종이는 희다

충분히 죄가 있<u>다</u>

20

<u>이</u>게 단<u>가</u>요?! 하는 모욕을 많이 당하는
우리의 여집배원에게

언젠가
몹시도 아름다운 편지가 오면
잔치를 벌여야지
집배원을 위하여, 편지들을
열정으로 날라야지
창구 직원을 위하여
풀빛 초록 우표들을
꽃 피게 해야지
잔치를
벌여야지
이곳에서부터
우체통에 이르도록

21

죽음에게

어느 아침엔가는
그가 집배원으로 변장하고
초인종을 누를 테지

그래도 나는 그를
꿰뚫어 보겠지

그러고 말하겠지, 기다려다오
집배원이 지나가고 날 때까지

* 그라이츠는 동독의 도시. 독일 국내 우편은 보통 하루 정도면 배달된다.
  오랜 검열이 있는 것이다.
** 서독 수도. 인용문 둘은 편지가 도착하지 않아 문의한 데 대한 회신이다.

방의 음도

zimmerlautstärke

··· 변함없이 너의 입장에 서라
그리고 너의 응원을 통해 도우라,
누가 네 목구멍을 짓누르더라도
변함없이 네 입장에 서라 그리고
너의 침묵을 통해 도우라.

ㅡ 세네카

딸과의 독백

명상

딸아, 이게 무얼까?

날이 밝아오는데도
여태 책상에 앉아 있는 것, 바짓가랑이에는
잠자는
나방 한 마리

아무도 다른 이를 알지 못하네

역사 시간 뒤에

그때 사람들,
티무르*는
잔인한 인간이었다, 붙잡은 사람 수만 명을
말뚝에 묶어, 시멘트와 진흙을

쏟아부어 산 채로
벽이 되게 하였다

딸아, 최근의 기초
부분 발굴이
이미
후회된다

* 티무르(1336~1405)는 사마르칸트를 본거지로 했던 중앙아시아
  정복자로, 잔인함으로 유명하다.

현재

무얼 내가 자물쇠로 잠그고 봉인을 찍어 보존하는가?

음모 아니고 포르노
조차 아니다

과거란다, 딸아

과거를 잘 알고 있는 건
미래의 값이 될 수 있거든

타마라 A.의 첫 편지

네게 썼다지, 타마라 A.가
열네 살, 곧
공산주의 청년 조직원이 될 아이

그 애의 도시에서는, 네 개의
동상이 서 있다고 썼다지

> 레닌
> 차파예프
> 키로프
> 쿠이비셰프

안됐어요, 그 애는 자기 얘기는
하나도 못 하네요

그 애는 자기
얘길 하고 있는 거란다, 딸아

점호

1

7학년 학생 D.가
레닌 초상에다
안경과 짙은 두발을 그려 넣었다

공공연하게

그렇게 해서
노동계급의 적들에게, 제국주의자들에게
위험하게 근접해버렸다

거의 그들의 앞잡이, 그는 서 있어야만 했다
학교 마당 한가운데

벌:
    낙제점이 학적부에 기입되어
그를 따라다니거라
평생 동안

2
묻는 거니, 왜
평생 동안이냐고

이젠 레닌조차 그를 돕지 못하거든, 딸아

조련

Kere ─ 부탁하다
Kerekere ─ 구걸하다
─ 피지섬 사람들의 단어

피지의 언어는 저급 문화를
증언한다고 한다.
　　　　　　그 언어는 근거한다,
반복의 원칙에

그러니까 딸아,
행군행군!

일요일

1
무릎 위 20센티미터

허벅지 위로 꽃 피는
양말을 신고
뱀처럼 그림 그려진 양말을
신고, 보이지 않는 양말을
신고, 뜨개질 사다리들처럼
이어진 양말을 신고

2
보도의 공기가
진동한다, 딸랑딸랑 작은 종들의
종소리로

목사관 뜰의 젊은이들

그리스도는 하늘로 오르지 않고
목사가 굽는
소시지구이의 연기 속에(그러나 연기가
길을 가리킨다)

열일곱 살

우리는 젊고
세계는 열려 있네
— 교과서 수록 노래

차단 횡목으로 이루어진 지평선

금지되어 있다
국경 넘기는, 텔레비전 화면에서 세계
상(像) 하나를 만들어 갖기, 만세
세계상

젊음의 끝까지

그런데 그다음은?

미완성 수학 공부 뒤

모든 걸
수학이 관통한다고 선생님이
말씀하신다. 의학
             심리학
             각종 언어

나의 꿈들은
선생님이 잊으셨다

꿈속에서 나는 부단히
계산이 안 되는 것을 계산한다

그러다 종소리에 화들짝 놀란다
너처럼

자살

모든 문 중 마지막 문

하지만 아직 한 번도
모든 문을 그새 다 두드려보지는 않았다.

질그릇처럼

만약 위협당한 이들에게 하나라는 느낌이
없었더라면, 현실 앞에서 나는
자기 자신을 포기한 도피자이리라.
— 장 아메리

또 한 편의 겨울시

씨앗을 쪼는 이, 드문 창문 손님

서리가 너를 이리 데려오는가?
어쩌면 보헤미아로부터?

이 친구들이 씨앗을 쪼네?

우리는 생각했다, 그들이 날아올라
봄을 데려오리라고

그러니 봄은 반드시
온다

우리도 씨앗을 쪼아야 한다

겨울은 모질고 길 것

역사적 필연

다섯 가지 진실이
재정립되고

오백 가지 거짓말의
명망이
파국이다

그러니까
탱크

질그릇처럼

하지만 나는 나의 반쪽들을 한데 모아 붙였다
쳐서 깨뜨린 질그릇 항아리처럼
— 얀 스카첼, 1970년 2월의 편지

1
우리는 질그릇 같으련다

부엌에서
아침 5시 정각에 커피를 마시는,
그런 사람들을 위한 현존

소박한 밥상에 속하기

우리는 질그릇 같으련다, 밭흙으로
만들어진 그것들

또 아무도 우리를 죽일 수 없도록

우리는 질그릇 같으련다

저 많은

　　　　굴러오는

　　　　　　　쇠붙이들

　　　　　　　　　　한가운데서

　　2
우리는 질그릇의
사금파리같이 될 것이다, 결코 다시
온전한 하나 되지 못함, 어쩌면
바람 속에서
한 번 반짝함

너희에게로 가는 길

우리에게로 오는 길을 찾아내는 건 참 쉽다
— 얀 스카첼

너희에게로 가는 길을 찾아내는 건 참 쉬웠다

솔기 터진
구름들과 숲들에서 그들이 그 길을 찾아냈다,
밤에도

정조준으로
그들은 지름길로 왔고, 문들은 있는 대로
활짝 열려 있었다, 문턱들까지 차오른
경악

자기들이 앞으로 밀어낸
그 캄캄함 속에서
그들이 길 잃고 헤맸다

그들은 다리들 위에다
살림을 차렸다

자동차 차축 소리 대신 들린다,
잠자는 사람들의 신음 소리

이젠 너희에게로 가는 길을 찾아내기가 어렵다

국경 부근에서의 낚시

강바닥까지 철조망, 그건
물고기만 헤엄으로 통과한다

시선이 덤불숲을 샅샅이 탐색한다, 우리가
말을 나누기 전에

무엇에 관해서?

체코어로는 이 단어들이 비슷하다
물고기(ryba)와 잘못(chyba)

쿤슈타트* 근처 들길

한낮, 수레국화들이
벌판의 프로이센 병정들처럼 서 있고, 길지킴이꽃은
몸을 숨긴다

너희는 무엇이었나,
구름 그림자 속에서 허약해지고, 유리 속에서
하룻밤에 백발이 되는 이들(감방에 들어간
민감한 사람처럼)

저녁 무렵에는
우박까지 쏟아진다

* 보헤미아 모라비아의 낮은 연산(連山)들 속에 있는 작은 도시.

1968년 러시아 여행*

달, 한 개
휘어진 바늘
절반 꿰맨 상처
속, 외과 봉합 바늘

그 어딘가
숲들 뒤 멀리에는
문들

그 어딘가
'영광스러운'과 '웅대한'이란 단어들 뒤에는

그들의 이름이
알려져 있다

달, 한 개
외과 봉합 바늘,
외과의가 해임되던 때부터 그대로 박혀 있는 바늘

우리 앞에
푸른빛. 여기 오른쪽
으로 온다,
시인들이, 달리는 이들이

지나가고

달, 한 개
곪은 곳 속 외과 봉합 바늘, 한 개
온몸을 도는 바늘

* 1970년 10월 8일 랴잔에서 쓰인 시. 모스크바에서 200킬로미터쯤
떨어진 도시로, 그때 랴잔은 알렉산드르 솔제니친의 거주지였다.

러시아에 부치는 연설

알렉산드르 솔제니친을 위하여

어머니 러시아, 겨드랑이들 속에는
고라니와 늑대 들이 있는 숲들

너를 찬양하며
네 용감한 아들들이 두 팔을
하늘에 닿도록 쳐든다

마치 자기들이 하고 있는 말들이,
맨주먹으로 쳐 말발굽에다 편자를
박아 넣어야 하는 못인 양

마치 그 말들이, 그들의 양심에다
철석같은 확신을 받아주듯

당황하여 그들은, 두 팔을
스르르 내리며 미소 짓는다, 내가
네 가슴
가까이 있는 그들의 형제들에 대하여 물으면

1970년 10월 8일

알렉산드르 솔제니친에게
노벨상 수여

랴잔
까지 꿰뚫어 보이는 하루

시베리아로 추방할 수는 없다

검열이 그를
지우지 못한다

(모퉁이에서 반짝인다
깨진 보헤미아 유리잔이)

암흑을
밝히는 하루

가능한 것을 기억시키는 날:

다시 또다시 아침 하나를
그 양심 위에 받아들이기

방의 음도

거의 한 편의 봄시

새들아, 우편 마차들아,
너희가 시작하면, 편지가 온다
푸른 소인이 찍혀서, 그 우표들에서는
꽃이 피고 거기 쓰인 글은
이렇다

아무것도
지속되지 않는다
영원히는

방의 음도(音度)

그다음
12년*
나는 글을 펴내면 안 되었다, 라고
라디오 속 사람이 말한다

나는 X를 생각하며
헤아리기 시작한다

* 시인 자신이 글쓰기를 금지당했다. X는 금지한 당국의 수뇌일 것이다.
  히틀러 집권이 12년이었다. 동독의 독재가 히틀러 집권기에 비견되고
  있다. 알아듣기 어려울 만치 몹시 목소리 낮춘 저항이다.

볼프 비어만*이 노래한다

방 안에서 전차의 쳇소리가 난다
비어만의 음반에서 나는 쳇소리이다
샹송을 녹음할 때
스튜디오가 없었던 그

그가 바를라흐의 큰 고난을 노래한다
우리 모두를 사로잡는다
누구나 그가 당한 금지를 훤히 알면서
전차 쳇소리를 들으니까.

* 볼프 비어만은 공산주의자 가정에서 자랐고, 스스로의 선택으로
  동독으로 갔을 만큼 친체제적이었음에도 체제 비판으로 인해 결국은
  동독에서 쫓겨났다.

어떤 권력의 대표자에 부쳐
혹은 시 쓰기에 관한
대화

당신 잊었군, 하고 그가 말했다, 팔은
우리가 더 길어

그러면서 문제 되는 건
머리

목사관

여기 몰려 있는 사람이 찾아내는 건
높은 담벼락들, 지붕
하나, 그리고

기도하면 안 된다

야상곡

잠아, 네가 오질 않는다

너도
겁이 나는구나

나의 생각들 속에서 보아버리는 거지
꿈을, 너의
살해자를

트럭 운전 교습생

위르겐 P. 발만을 위하여

내가 그걸 연주한다 그
3페달 피아노 그를 그
3톤 그랜드피아노를 그녀를 그
6옥타브 오르간을(누구든 교차로의 솔리스트
아직 그럴 수 있고,
지휘자는 미소 짓는다)

내가 연주한다, 살짝
창백하게('시체같이 창백하게'가 아니고요,* 부인, 아직은
나간 게 모터뿐이라)

하지만 그는,
단순한 4분의 4박자에서 제자리를 찾을 수 없는 사람은,
생각과 더불어
바퀴들에 깔릴 수 있다

진혼곡 한 곡을 내가 그녀를 위해 연습한다 그리고
칭찬받는다
가닥은 제대로 잡았다고

* '살짝 창백하게(leicht blaß)'와 '시체같이 창백하게(leichenblaß)'는
  발음이 매우 유사하다.

S.에서의 차 갈아타기

버스 창에 붙어 서신
부모님

우린 널 보기만 하려구

어머니의 두 눈은
가장자리까지 가득
말이 없는
아버지를 향한 비난이다

인생은 텅 비고
죽은 자들은 땅 밑에 뻗는다

남은 건
알코올과
아들, 아들은

자기 가던 길을 계속 간다

작은 차

1. 차를 한 대 살 필요성
영혼의 쪼개진 파편들인
한숨이 있다

그렇게
어머니가 한숨 쉬셨다

아들의 책 쓰기는
심해어들의 세계처럼 낯설다

라디오 전파에
아들의 이름이 둥둥 실려 온다

하지만,
그게 뭘 가져다 드리겠는가

다른 아들들은 부모를
자가용으로 모셔 오는데

    2. 세 가지 조건

일곱 해 기다리기

일곱 해 보물을 늘이기

일곱 해 분명 열매 맺기, 그런 건

이제 부모님이 경험할 수 없으리

    3. 소풍

언젠가 내가 진지 속에 있었던 곳

툼*을 지나

그래, 보이지. 저기 빵집이 있지, 저기서는

어머니가 주인들이 잠 깨기 전에

작은 빵을 가져왔지

그리고 하녀와 꽁무니 뺀 왕의 아들은

절대

돌아오지 않았다

뭐가 남았으랴,

아들 하나 낳는 것 말고야

그가 모든 조건을 채워주기를
기다리는 것 말고야

* 시인의 고향. 작은 광산촌 윌스니츠보다도 작은 곳(이라고 시인이
  각주를 달았다).

휴일

연사는 설파한다,
깃발의 붉음을

학교의 빛 받은 창문 테두리가
밑줄을 그어주고 있다, 어둠 속에까지

어떤 레닌 경배 후에

이렇게까지
경배받는 게
설령 그의 뜻이었더라도, 이러는 건 그에게
부당한 것 같구나

국경 통과 검색

프랑크푸르트에 있는 L.과 D.를 위하여

너희 여권에는
너희가 받는 편지들 발신자가 적혀 있다

감시탑의 시야 안에서는
자동차 전면 창유리와 측면 창유리 사이

현미경 밑의 세균

병원체 인간

총회 도시로부터의 귀환

노래로 가득한 문,
숲을 등 뒤로 닫기

그 검정 안감을, 밤이면,
들짐승이 찢고 나온다

귓속에는 전나무들의 쏴쏴 소리. 머릿속에서 윙윙
    돌아가던
녹음테이프가

지워진다

코텐 황야,* 네가
꿀 꿈을 다 꾸는 곳, 아침이면 생각들이
열매 맺혀 있는 곳

그 생각들이 무르익게끔 놔두는 곳

숲속에 비가
계속 드리워 있지 않으면,
비둘기 알들이 품어져 있지 않으면
6월에

나무가 씨를 떨어뜨려 뿌리기 전에
도끼를
대지 않으면

* 포크틀란트에 있는 작은 곳.

L.의 교회 안의 조각

그
여자

벌거벗은 채

내쫓겼다

그러니까 적어도
목에
밥그릇 하나는 걸고

이브

라이닝겐의
예술에 열중하는 수탉들

하인츠 피온테크를 위하여

만약 그 한 마리에게
a가 떠오른다면, 그는 닭 울음으로 울리
$b - a - c - h$

사람들은 그 수탉을
변주의 대가로 평가한다

(더 활발하게는 여기서 다만
하나의 비교급)

다른 한 마리는 닭 울음으로 스메타나의
보헤미안 댄스 모티프 하나를 완벽하게 운다

나는 귀 기울인다, 암탉들한테 부끄러워져

열린 창문 거울 속에서
암탉들이 내 책상을 콕콕 쫀다

벌레 같은 걸 잡느라

여름이 떠난다

엉겅퀴가 연한 껍질로 환심을 산다

양귀비꽃이 옷을 벗는다,
임신한 여자처럼

캐머마일이 술 장식을 단다
단추 가장자리에다

길지킴이꽃이 오므라들며
머리가 센다

요하네스 보브롭스키를 추모하며

벽보 기둥에 붙은
그의 사진

지금

유고(遺稿)가
일괄 정리되었다, 시인이
안심하며 죽어 있다

교양 있는 민족

페터 후헬이
독일민주공화국*을 떠났다
— 프랑스에서 온 소식

그가 갔다

신문들에는
그 어떤 분실 공고도 나지 않았다

* 동독. 오랜 가택 연금을 당했다가 서독으로 넘어간 자국 시인의
소식이 프랑스에서 온다.

희망 하나도

땅속 무덤 하나

풀 줄기 하나 가운데
희망을 부활시키기

(묘석 하나 없다

죽어서도
돌에 부딪쳐 좌초되지 않는다)

피난처 뒤에 또 피난처

사람은 고향이 있어야 한다, 그걸 필요로 하지
않기 위하여. 사유에서, 형식논리를 넘어
정신의 생산성 있는 영역으로 나아가기 위해서는,
형식논리학의 장(場)을 소유해야만 하듯이.
— 장 아메리

푸른 외투를 입은 그대에게

엘리자베트를 위하여

다시금 앞에서부터 읽는다
집들의 열*을 찾는다

너를, 의미를 주는
푸른 쉼표를

* 'Zeile'의 더 보편적인 뜻은 글의 '행'이다.

피난처 뒤에 또 피난처

페터 후헬을 위하여

여기, 청하지도 않았는데 대문으로 들어선다, 바람만

여기서
통화를 하는 이는 신뿐

그분이 헤아릴 수 없는 전화선을
하늘에서 땅까지 놓게 한다

빈 외양간의 지붕으로부터
빈 양 우리의 지붕 위에
목제 물받이 통에서
빗줄기가 요란하다

너 뭐 하고 있어, 라고 신이 묻는다

주여, 내가 말한다, 비가
내립니다, 무얼
하겠어요

그러면서 너의 대답이 자란다
모든 창문을 뚫고, 초록빛으로

자신의 희망에 걸고

auf eigene hoffnung

… 체념은 니힐리즘이 아니다. 체념은
그 시야를 어둠의 시작점까지
이끌어 간다, 그러나 이 어둠 앞에서 체험은
당당하다.
— 고트프리트 벤

친구여, 난 지쳤어, 깃발 걸기에

야행(夜行)

빛 하나를 앞으로 보내며, 달려가기
빛 하나를 향하여

빛 하나의 가능성을 향하여

손 닿지 않을
전등 스위치를 향하여

그 등 아래
그대가 잠자고 있는데

여행 뒤의 당부

술은 안 돼요!
— 의사인 아내

1
간은 굳세게 버틴다
필젠 맥주에 빠져서도

그래도 한번은 발
잘못 들여놓았지 멜니크 근처 포도원에서(추억에,
그 아래서 우리가 함께한 첫 지붕이었던
큰비의 추억에 설득당해)

햇포도주가 발효되고 있는
츠나임 근교 한 지하 포도주점에서
버티던 간은 무너졌다 물과의 억지 혼인에서(너 알지,
     모라비아 남부의
태양, 그 늙은
뚜쟁이)

2

이제 내가 더 일찍 죽을 그날의 외로움을 용서하라:

목구멍아, 이해하느냐,

간아

술 안 든 말똥말똥한 누이야…

일기 쪽지 74

카를 코리노를 위하여

1

나와 더불어
숲이 생겨날 수도 있으리라

(어떤 도끼로부터도
더는 위협당하지 않음

뿌리들 밑에는
물 탐지 레이더 하나)

2

그러나 나는 동의
해야만 하게 하지 않겠다

(차라리 늘, 새 가지들을 싹틔우기를 거부하기
도끼

차라리 뿌리들이 수맥을 찾는 마법 지팡이들을
다시 또다시 가지 잘라내기)

자동차를 돌보는 이유

또 차고에 있군요!
— 딸이 버려둔 책상을 보며

머나먼 거리
때문이란다, 딸아

머나먼 거리 때문이지
한 단어에서 다음 단어까지의

손님 차를 타고 하는 우주여행

아직은 지구로 돌아가면 안 된다, 우리가 거기에
붙어 있건만

아직 카메라의 마지막 목표물은
찍히지 않았다

날아가는 어스름을 추월하기, 목표 사진이
결정된다

방풍판의 날개에는
쬐끄만, 타살당한 천사

의미 하나를 찾아낼 가능성

M.을 위하여

믿음의 균열을 뚫고 비쳐 나오는
무(無)

하지만 조약돌도
가져간다, 손안에 고인
온기를

일기 쪽지 75

1

닫힌 눈꺼풀 뒤에 맺힌
버려진 공사장 영상들: 땅이 파헤쳐져 있다
답을 아무도 알 수 없는 질문처럼,
은밀히
흔들리는 땅에 내던져진 듯

한 사람이 — 혼자로 보인다 — 지붕을 덮고 있다
러시아정교회의
여섯 개의 양파탑 중 하나에다

그의 망치질 아래서
나의 낮잠은 얇은 동판이다

2

그렇게 인민이
잠자는 시인들을 깨운다, 이따금씩은 잠도

자야만 하는 이들을

회복기

두어라, 마음아, 길의 한 구간은
고양이 걸음으로 가게 두어라

돌들이면 충분하다, 앞발을
다정히 날카롭게 갈아주기에는

어린 수탉들

그 목구멍 안에 생긴 작은 변성(變聲)을
어린 수탉들이 풀밭을 가로질러 실어 나른다, 음(音)이
파열해 나온다.
창유리에 금을 내는 음들

지칠 줄 모르고 어린 수탉이 꼬꼬댁거린다

무더운 밤이면
횃대 위에 앉아
부리를 헤벌리고 있다

L.의 여름

집배원 아주머니가 동네 우편함을 닦는다, 마치
그 함에다
편지가 오리라는 한 줄기 희망 광택을 주려는 듯

누워 있는 소가 귀를
헬리콥터 프로펠러처럼 돌린다, 자기는
땅에서 1밀리미터도
떠오르지 않은 채로

말똥가리가 원을 그린다
핏속까지

사실들

     1

술 취한 불량배들이 K.에서
소요를 일으키려 했다고, 아침에
수도의 통신원이 보도했다

한 사람이
공공연하게 분신을 했다

알코올이 태운다는 거야
누가 시비하랴

     2

국민들은 다시 평화를 수립하는 데
성공했다고, 저녁에
통신원이 보도했다

누가 시비하랴
낙하산병(兵)들도 국민의 일원이라는 거야

교정

> 너의 책의 원고는 … 인쇄소에
> 가 있다, 그리고 먼저 교정쇄(Fahne)를
> 교정 봐야 한다 — 하마터면 나는 이렇게
> 말할 뻔했다: 깃발(Fahne)*을 올려야 한다
> — 에발트 오서스, 1973

1

깃발 올리기에 나는 지쳤네, 친구

오직 이 깃발에 대고 나는
아직 서약하려네

2

사랑의 시 한 편이 쓰인 깃발

* '교정쇄(Druckfahne 또는 Fahne)'는 단축해서 쓰는 경우 '깃발(Fahne)'과
  같다.

241

200년 뒤의 격려

오르간 연주회에서 집으로
돌아오는 도중에

신의 발치에, 만약
신에게 발이 있다면

신의 발치에 앉은 사람은
바흐이다.
          아니지,
라이프치히의 고위 공직자는

이 또한 내 나라

그 누구에 의해서도 점유될 수 없이
— 에라스뮈스 폰 로테르담

꾸려온 책들을 풀며*

독일민주공화국(DDR)으로부터
독일연방공화국(BRD)으로의 이주 후에

1
여기서 그들은 존재해도 된다
자기들 이름으로
　　만델스탐, 나데시다
　　솔제니친

저자 이름을 가렸던 불투명 스카치테이프를
책등에서 제거하며, 나는 벗는다, 나 자신의

눈에 보이지 않는 죄수복 줄무늬까지

2
여기서 그들은 존재
해도 된다

아직은

* 이 시집의 시편들은 서독으로 이주한 후에 쓰였다.

내가 도착했다

내가 도착했다

오래도록 소식
전하지 못했구나

나는 더듬었다

하지만 도착했다

이 또한 나의 나라이다

어둠 속에서도
나는 벌써 전등 스위치를 찾아낸다

이웃집 두 아이

저 애들 고함을 들으며 넌 생각하지: 애들
이야
널 방해하지 않아

그 애들을 만나게 되면, 그 애들 목구멍은
다 말라붙어

가장 작은 인사조차 그 애들 속에서는 꽃 피어나지
    않는다

다시 또다시 말을 걸어봐도
그 애들은 말이 없고 눈빛만 승자의 눈빛이다

그런 눈길 속에서는 네가 죄진 사람이 된다

그 애들 어머니의 부탁으로 너는 네 집 지붕 물받이까지
    올라간
테니스 공들을 그 아이들에게 내려다 준다

공을 다 모아가지고는 아이들이 떠난다
그 애들의 벌거숭이 여름 등짝, 두 개의 적나라한 비난

모차르트 듣기로의 초대

비가 온다

도나우강이 흘러간다, 골짜기 안을,
또 하늘가를

하늘에는 배만 없다

여기 낮은 곳에서는 배들이 운행 시간표를 지킨다
몇몇 목마른 사람들을 위하여

비는 영혼 속으로 내린다

낚싯대는 우리, 던지자꾸나
저기 높은 곳으로

얀 발레트:
손님, 수채화, 4.3 × 6 cm

그는 사각 탁자에 자리 잡았고
중심이다

그는 그림자에까지
등뼈가 있다

하지만 사람들은 나가서
웨이터에게 준비시키고 싶어 한다

참으로 큰 상처 입기 쉬움을 배려하도록

어른들을 위한 책갈피

오덴세에 있는 한스 크리스티안 안데르센
박물관을 찾은 후에

동화 속의 기적들 또한
시인의, 마법에 걸린 상처

로런스 포스터가 지휘하다

런던, 로열 페스티벌 홀

왼손의 엄지와 검지로
그가 가리킨다, 귀를
음(音)이 통과해야 하는 곳을

하일랜드*에서

언젠가, 아직 인간을 창조하기 전에
신은 구리 다루는 대장장이 일을 해보았지

그리하여 하일랜드에는
가을이 생겨났어

그러고서 신은 외로운 산들을 영영 떠났지

그는 아직 젊었지만,
이미 신이었고

분화구에는
영원한 물만 남아 있었다

여기서 네가 되찾을 수 있을 거야,
신이 잃어버리고 간 인내를

* 스코틀랜드 북부 지방. 일반명사로는 '고원들'이란 뜻.

은(銀)엉겅퀴*

뒤로 물러서 있기
땅에 몸을 대고

남에게
그림자 드리우지 않기

남들의 그림자 속에서
빛나기

* 민들레처럼 낮은 키에 딱 한 송이 흰색 꽃이 피는 엉겅퀴. 보호종이다.

산 계곡

고지에서 발원하여 개울이 생겨나고 있다, 산은
아래쪽을 가리킨다

우리, 산사람들에게는 부담을 주는 방향이다

위대한 산보들

위대한 산보들,
거닐며 우리는 발을 허공으로 들여놓지 않는다

늘 다른 이의 손이 함께 가고 있는 것

산맥에서 나온 부적

<small>내상과 외상을 막는</small>

.

자갈 무더기 속으로는
풀쩍 뛰어들라

아니면 피하라

늦은 대답

스위스는… 민망할 정도로 깨끗하다.
— 1973년 8월 28일 자 편지

P.의 교회에게 내가 소망했다,
그라우뷘덴의 하얀 교회들에서
각각 1평방미터씩만 장식을 떼어 주기를, 그런다면

작센*까지 훤히 밝히런만

* 그라우뷘덴은 스위스 지역. 작센은 먼 독일, (암울했던) 동독 지방.

레츠 부근 칼바리엔산* 위에서
정월에

포도나무 시렁도 십자가형 당한 사람

벌거벗은 채 몸 구부러지고, 두 팔은
옆으로 묶여

완전히 구세주의 모습이다
사암 십자가에 매달린 모습

하여 피와 물이 열매가 되고 거기서 사람들이
한 해 한 해
벌이가 되는 단[甘] 포도주를 짰다

돌과 믿음으로 이루어진 듯,

그 한 분에게 가 닿는 길 위에는, 저 많은 십자가형 당한
사람들

---

* 레츠는 저지 오스트리아의 포도 경작 도시. 칼바리엔산에는 붉은
사암으로 깎은 조각들이 있다.

검은 수도원이 있는 할슈타트

절반은 돌 더미에 매달리고 절반은
물에다 기둥 박고

죽음 위로, 죽음 아래로

부서져 떨어지는 바위 이야기를
납골당이 들려준다

문틈 안으로 호수가 올라온다
익사한 이들의 영혼이
문지방 위를 떠돈다

개울은 장벽과 인간을 휩쓸어 가며
변함없이 바르다, 굽힐 줄 아는
바름이다.

여성 염광(鹽鑛)* 노동자의
두개골에 부쳐

할슈타트, 납골당

다 씻겨나갔다,
그녀 몸 안에 쌓였던 소금 덩이

얼마나 자주
소금은 있건만 빵이 없었던지

* 할슈타트에는 '소금산(Salzberg)'이 있고, 그 산 위에 '소금세계
  (Salzwelten)'라는 곳이 있는데 거기에는 지하 '소금 호수'와 소금 캐는
  광산이 있다.

60

스카게라크*에서의 밤

이 안락한 요람에 들며
함께하는 사람들과
잠을 나누지 못하는 건, 바다의 불안정 때문만이 아니다

혜택받은 사람들, 우린 우리
자동차 위 허공에다 잠자리 폈고

그 국경이 눈에 보이는 나라들의 국민은
허가하는
손짓 속에다 폈다

내 생각들의 갈피,
맹목인 통과 여행객들이 어둠 속에
오그리고 앉아 있고

나는 그들을 위해 켤 등불이 없는데

오직 시인만 가도 되었다,
저 경계를 손도 없이 넘어서
지문을 찍는 경계를

다른 사람들에게는 시(詩)가 틈새가 아니다

* 북해에 있는 해협. 유틀란트반도 북쪽 해안, 노르웨이의 남쪽 해안,
  스웨덴의 서쪽 해안에 둘러싸인 대략 사각형 모양의 넓은 해역이다.

롬*의 목제 교회

바르바라 폰 볼펜을 위하여

그 교회의 척도는 나무

자라나는 규모, 거기에 맞추어 사람도
자라났다

기둥 하나가
버텨낸
척도 하나

짜 맞추고, 나무 마개로 막고, 나무문 닫아걸고,
　　나무통에서 짜낸
믿음,

트럼펫에서까지
목재 향기가 난다

* 노르웨이 구드브란스달렌에 있는 도시.

빈, 눈[雪] 높이 재는 막대, 노르웨이,
9월 중순

이런 돌뿐인 황야에서는 그 막대들이
본질적 존재가 된다

마치, 팔도 없이
눈을 받겠다는 듯

하나하나가 홀로 세워져 있다
하늘의 압도적 힘에 맞서서

뤼벡*의 실루엣

사람들이 교회 탑을 하늘에 박아 넣었다,
땅을 하늘에다 고정시키려고

일곱 개의 동(銅) 못,
금(金) 무게로는 필적하지 못한다

* 북독일의 유서 깊은 도시. 일곱 교회의 첨탑 지붕이 도시의
실루엣을 만든다.

파사우가 출항한다

대성당
십자형 마스트, 거기를 석공이, 선원처럼, 기어오른다

폐쇨 양조장 굴뚝은 연기를 가리키고, 솥은
김에 싸여 있다

세 강의 강물에서 뱃머리가 향배를 잡는다,
해상 조난이 훤한 배 한 척

세 강물의 도시 파사우*의 장마

하늘에서 쏟아진다, 네 번째 강물이
대성당의 둥근 지붕은 해초의 초록빛

길거리에서
물고기가 뛸 날도 멀지 않다

해가 져도, 해가 떠도, 다리의 아치 밑에 사슬로
    묶여 있는 나룻배
희망으로 진동한다,

이마로
다리의 정수리에 닿아보겠다는 희망으로

* 파사우에는 강이 세 개(인강, 일츠강, 도나우강)나 있다.

안개 속의 도나우 강가에서

한낮까지 수탉이 울고 있다, 그에게는
아침이 오려 하질 않는 거다

그렇게나 가는 성대로 노력하고 있다
신의 잠을 깨우려

골짜기에 내려진 벼락닫이문을 열려고

O.의 묘원에서

엘리자베트를 위하여

비좁음, 마치 묘지들이 서로 다투어
땅을 시샘이나 하듯

벤치 하나 없다, 그 등받이가 네게 혹은 내게
날개가 될 수도 있으련만

내 가슴 위 당신의 머리

내 오른편 쇄골로
우리는 우리를 가둔다
잠 안에다

꿈속에서 내가
그걸 잘못 옮겨놓으면, 우리는, 잠 깬 우리를 가두려
왼편 쇄골을 쓴다

나만을, 나를 단단히 붙들고 있거라
잠에는 자물쇠와 꺾쇠 문손잡이가 있으니

자정 지나

땅으로 휘어져 내린 문자 하나

17이라 한다, 또 인간은 왜
이 삶 안에 태어나는지 그리고 만약 시인도

그 말을 해주지 못하면, 그조차
못하면, 그러면 —

그가 아는 게 대체 무언가?

한 편의 좋은 시는 기다릴 수 있다는 것

하지만 어떻게 그걸 알게끔 주는가, 어떻게
그걸 주는가

젊은 해석자

그의 건반들 사이에서는 제비꽃이 자랐었는데
그가 그녀와 헤어졌다

참으로 엄격하게 자기 손가락들의 내달림에다 줄질한다
열쇠에다 줄질하듯

하지만 언젠가는 그가 더 나아갈 바를 모르겠지
악보를 훤히 알고, 아무런 분산시키는 것도 없건만
한 가닥 향기에

그가 예감하기 시작하겠지
마지막 단순함에 이르는 열쇠는
무한한 밀착임을

안나 막달레나 없이는
악보집도 없다

자신의 역할을 연장해달라는
어느 연극배우에게

아무도 우리 역할을 연장해주지 않는다,
인생에서는

우리는 맡은 역할을 잘 연기해야 한다, 잘

설령 그것이 벙어리 역이더라도

실패작이 있는 인생

너는 보여주려 했었지,
영혼들을 매다는 동아줄을

네가 보여준 것은
교살흔(絞殺痕)

너무 컸다
너의 흔은

많은 사람들이 형 집행인들 수중으로 가고
동아줄은 더 깊이 파고든다

겨울의
사과나무 전지

나뭇가지들과 함께
높이 치솟으려는
내 안의 모든 가지를 잘라냈다

새롭게
눈들은 유의하며

바깥쪽으로 뻗는 가지들은 유의하며
사과나무의 수관을 뚫고
바구니를 들고 내려갈 수 있어야 한다고
늙은 정원사가 말한다

너무 큰 괴로움, 너무 큰 기쁨도
우리를
뚫고 가야만 한다

창가의 책상,
그리고 눈이 온다

새들을 지켜주기,
그들이 먹이를 먹는 것보다 오래

또다시 나는 꼼짝없이
지키며 앉아 있다

내가 시간을 허비하고 있다는 너희의 비난은
물리치는 바이다

내 주위에는 정적이 쌓인다
그건 시(詩)를 위한 토양

봄이면 우리에겐
시가 있고 새가 있을 것

첫 행렬 뒤따르기

클레멘스 포데빌스 백작을 위하여*

쿤체가 순응했다
— 망명자의 말

나는 순응한다

한 친구를 무덤으로 날랐다

이 진실에 내가 순응한다
친구가 흙에 순응하듯

* 바이에른 예술원의 Clemens Graf von Podewils-Juncker 박사,
1978년 8월 5일 서거.

빗속의 암칠면조들

마당 가장 높은 횃대 위에서
그들은 비에게 이마를 내주고 있다

부리에서 꼬리까지
단 하나의 사선

목덜미에 과거가

타우누스산에서의 산보
숲 한가운데서, 어떤
경계도 나누지 않는 숲에서, 거기서 나를
경계가 붙들어 세웠다

사냥꾼의 품격이
감시탑을 세워놓았다

파사우의 도나우 하류 기슭에 있는
국경도, 그 너머로 내가
오스트리아의 성(城)과 너도밤나무들을 바라보는
그 국경도

이젠 강물 하나뿐인데

우리가 사는 곳

손주 펠릭스를 위하여

그곳, 아침에 닭 울음소리가
쬐끔 압도하는 그곳

쬐끔

닭을 도와주러 네가 오렴

E. 여관에서의 텔레비전 중계

독일 - 네덜란드 축구전

저 사람은 잊어, 잊힌 사람이야, 라고
젊은 사람이 말했다, 네덜란드 사람이
골을 넣었을 때

그런 말 마, 그런 생각 마,
여관 주인이 말했다

저 사람은 잊어, 잊힌 사람이야, 라고
젊은 사람이 말했다, 네덜란드 사람이
두 번째 골을 넣었을 때

여관 주인이 맥주를 가져온다, 손님들
입가에는 맥주 거품이 묻어 있다

말하지 않는 걸 어떻게 생각하나
생각하지 않는 걸 어떻게 생각하나

가까운 너무나 가까운 종들

아침이면 아침마다, 그 종소리
나의 잠을 유린한다, 마치 신의 뜻이,
당신이 지어놓은 세계에서
저녁에 잠들 수 없는 자들을 벌하는 것인 양

일요일이면 커다란 종들이 작은 종들을 도우러 서둔다

종들은 울려, 믿는 이들을 침대에서 나오게 하고
종들은 울려, 믿는 이들을 외투 속에서 움츠리게 하고
종들은 울리고 또 울린다

안개 낀 어느 월요일 나는 종들을, 너무 익은
열매처럼 따서
'종 물고기'에게 먹이로 주겠다

내 영혼의 구원은 두렵지 않다

나를 위해서는 목사님이 남몰래
기도해주시겠지, 잠이야 목사님도 오래 자고 싶으실 테니

음(音) 내기

아무도 그 먼 거리를 듣지 못할 것이다,
조율을 하면서 음을 맞추는, 발음기에다 건반을
    연결시켜주는
(파이프)오르간 제작 수련생의 손가락과
콘서트에서 그 건반을 치는 손가락 사이의 먼 거리를

연주자에게
그 분야의 명인이 나와서 "그대로만 계속!"을 외치는 게
    수련생에게는 위로가 못 된다

건반 연결에 그는 능란하다
파랗게 언 손가락 끝 속속들이, 하여 건반의 상아가
그의 살과 피 속으로 넘어 들어간다

저녁이면 낯선 목사관 침대 속에서—발음자의 코골이가
밤을 잘못 조율하고 있다—수련자가 심심해서
교과서 제목을 부화해낸다.
제목: 오르간 네거티브*

   * '네거티브'는 사진을 인화하는, 사진과 색이 정반대인, 사진 이전에
     현상된 음화필름.

비로 망친 온 여름

아침이면 너는 들여다본다, 교회 탑의 둥근 지붕이
떨어져버린 건 아닌지, 뜰에서는 맺히지도 못한
장미꽃 봉오리들이 떨어진 건 아닌지

침수된 풀밭을 따라 성체 행렬이
우산들로 이루어진 천개(天蓋) 하나를 들고 간다

하루하루 더 어려워진다, 비를 가르며
신(神)을 모셔 오는 일이

시인, 십자가형을 당하지 않은

사람들은 온다, 명성을 만져보려고

하지만 그 어디에도
월계수 향조차 없다

가시관 하나 없다

네가 가진 건 이마뿐

그리하여 사람들은 떠난다, 네게다
자기들의 오류 하나를 덧붙여주고 간다

가시에 가시를

죽기 시작하기

우리 속 나무 경계 너머에서
광기 밑에서, 조금
돌이 되기

그다음에는 내려가기

한 군데서만은
상처 입힐 수 없게

에라스뮈스 폰 로테르담*

그는 알았다, 무얼 다리 놓아야 하는지: 즉 그들은
　　물 위에서
연결시킨다, 물 아래서
이미 연결되었던 것을

하지만 한쪽 강둑은 늪이었고
다른 쪽 강둑은 불이었다

* Erasmus von Rotterdam(1469~1536). 네덜란드의 큰 인문주의자.

낡은 모티프

사냥 나팔이 울리면
사냥개 떼가 되어 내달리기

잡아 온 들짐승이 뻗어 놓이고, 사냥꾼들은
기억력이 좋다

모라비아를 향한 작은 보고

안 스카첼을 위하여

남아 있는 건, 소문자로 단어를 시작한다는
겸손 가운데서 자신의 구원을 찾는 것뿐

끝이야 늘 소문자로 작게 써지니

끝은, 관을 밀어내는
드르륵거리는 받침 막대들

신은, 종 곁에는 계시질 않고
더 높은 곳은 우리가 가 닿질 못한다

문학 시장에서 도망치며

사람들이 바라는 건 너의 비상이 아니다, 바라는 건
깃털*

---

* Feder. '깃털'과 '펜'이라는 뜻이 동시에 있다.

차원

즐겨 나는 귀 멀고 말 못 하는 이에게로 가 앉는다,
　　　입술로
낱말들의 껍질을 까며

귀 기울일 수 있는 이는 거의 오직, 귀 먼 사람뿐

귀 먼 이는 이해하려 한다

말 못 하는 이도 안다, 그게,
단어 하나를 얻으려 헛되이 씨름한다는 게 뭔지를

이따금씩 우리는 고개 끄덕여
베테랑에 임명된다(각자의 덜미에는
사냥개 떼를 감지하는 흉터)

즐겨 나는 귀 멀고 말 못 하는 이에게로 가 앉는다,
　　　눈으로
듣는다, 사방에서 목소리들이 차고 넘치다 못해
뒤집힐 때면

그루터기 캐내기

튀링엔 숲속 H. W. M.을 위하여

나는 그루터기들을 캐낸다

사람들은 베어내고 또 베어냈다, 남은 그루터기들은
무성해지게 버려두었다, 인간이 지은 죄의
증인들

이제 열기와 무성함 속에 둥지 튼 건 뱀.
뱀에 물리는 건 치명적

나는 그루터기들을 캐낸다

무턱대고 아무렇게나 칠 수도 있으리라, 그러면
불꽃이 일 테고 남을 테지,

뭉툭한 도끼 한 자루

그루터기를 빙 돈다, 그걸
사방에서 살펴본다

뿌리들은 그 바닥이 있다

뿌리들을 드러내고, 그것들이 움켜잡은 것에서
돌을 떼낸다

도끼를 휘두르려 목표 삼을 나무를 취한다
우리의 눈대중

그루터기를 내가 캐낸다
한 개인이 그루터기에서 이렇게 캐낼 수 있는 것을

어쩌면 도나우 강변에
어느 날 남아 있는 건 그늘진 비탈일 것

부모님과 함께 알프스에서

세계는
엽서들과 비교된다, 70년간
세계였던 엽서들

하지만 구름이
케이블카 곤돌라를 휘감았을 때, 어머니의 놀라움은
되찾아낸다
　　　　　마치 한솥, 하얀 빨래를 삶고
　　　　　세탁실 문을 열지 않았을 때 같구나

만약 네가 혹시 길을 잃거든
어머니의 비유에서 너는 너를,
집으로 가는 길을 더듬어 찾아낼 수도 있어…

독일에서

동독 시민들에게는… 그 친척들을 방문하러
비사회주의 국가들과 서베를린으로의 출국이
허가될 수 있다.
― 동독 국민들의 여행 교류 규제에 대한 규정,
  1973년 6월 14일

다만 18세 미만은 …
― 편지, 알텐부르크/작센, 1979년

그리움으로 해서 무덤을 자초하기

친구의 식탁에서
차 한 잔을 마셔도 되기 위하여

어느 좋은 아침의 신조

　　　　　　　　　　…마음속에서 맨발인 이들
　　　　　　　　　　　─ 얀 스카첼

네가 시 한 편을 쓰면, 그러니까 마음속에서
맨발이거든

네 안의 무언가가 산산이 부서진
자리는 피하거라

사금파리에서는
이끼가 자라지 않았다

그런 게 있다,
상처 없는 시구라는 게

비행기에서
튀링엔 숲을 내려다보며

뮌헨 - 베를린

차라리 너희 머리
너머로 날아간다, 친구들아, 차라리

너희 머리 너머로 날아가겠어,
글을 그 너머로 스쳐 쓰느니

태양이 더 일찍 지지 않을 경우

선거 예측

머리에 머리 맞대고

승자가
달성한 목표를 팔 것이다, 우리 모두가 아직 조금
더 오래 머물 수 있도록

태양이 더 일찍 지지 않을 경우

일기 쪽지 80

넝쿨 장미가 꽃 핀다, 마치 풍경이, 피 흘리듯

마치 혈관을 절개라도 한 듯

마치 뭐가 오고 있는지 알기라도 하는 듯

풍경도, 사람들은 주장하리라, 더 이상
그냥 가만있으면 안 된다고, 풍경도
찬성이든 반대든 해야만 한다고

전진 중에

우선 발 붙이고, 그다음엔
머리들을 따라

(문턱이 막으면, 순서를
뒤집는다)

프라하에서 온 편지 1980

건물 골조는 여전히 서 있다고

건물 전면에서는 남은 치장마저
벌써 오래전에 떨어져 나갔다고

이제는 골조에 슨 녹이 부스러져 떨어지고 있다고
하여 거리에
때를 잊은 가을이 와 있다고

단치히* 해안

1980년 12월

그들 팔꿈치 안쪽에
힘이 들어 있다는 걸
우리는 알았다

그 팔꿈치가 이제
역사의 팔을 보여준다

하여 우리는 공포에 사로잡힌다, 저자들에 대한,
감히 그 팔을 지지하는 이들에 대한 공포만이 아니다

* 현재 그단스크. 단치히는 그곳이 독일이던 시절의, 또 지금까지의
  이름이다. 1970년 폴란드의 항구도시들에서 파업과 노동자
  봉기가 일어났고, 유혈 진압되었다. 1980년에는 폴란드 조선소 근로자와
  항구 근로자 들에게, 자유 노조의 권리를 파업으로 얻어내고
  노조 설립을 관철시켰는데, 12월 초에 소련이, 동독과 체코슬로바키아가
  폴란드 국경에서 군대를 집결시키고 있다는 것이 알려졌다.

이륙 후의 연시 혹은
당신과 같은 비행기 안에서

땅에 드리워진 그림자 좀 봐 저 조그만 그림자
우리와 함께 날고 있어

그렇게 우리의 두려움 중 가장 큰 두려움이
우리 발아래 남아 있어

이렇게 낮은 때는 일찍이 없었지
한 사람이 다른 사람보다 훨씬 먼저 죽을 확률이

1만 미터 고공에서의 위로

땅은 우리에게 안전하다

다만 그 땅이
안전치 못하다

우리가 없는 동안
분해될 거다, 우리가
중력을 벗어나

곧장 계속 날아갈 수도 있으니

아메리카, 자동차 나무

아메리카, 자동차 나무

그 나무가 자란다, 먼 거리 때문에

강철과 크롬으로 된 그 열매들 속에는
하얀, 까만 속심

인간

인간 안에도
먼 거리

손님 맞은 주인과 대초원을 통과하며

시간당 150마일,
이음새 없는 아스팔트

도로 가장자리에는 꽃 피는 선인장,
물소, 나귀 떼

한번 나귀 울음을
두 손에 받아도 된다

백 걸음을 내디뎌보기
주유소 바깥으로

텍사스 대학교와 더 깊숙한 내륙으로

여기서는 올리브가 자랄 수도 있어, 하지만 올리브나무는
15년이 필요해, 그것이

이윤을 내자면

참나무들 가운데 덩굴식물은
야생 포도, 하지만

포도원이 채산이 맞자면 그 전에…

학문의 유리 포도원에서는 그러나
사람들에게 천사의 인내심이 있어

떼내어놓은 자기들 날개를 앞에다 놓고
고개 숙인 채 열중하고 있다

10층 주차 빌딩 속
미국 자동차들

맹수들,

그 번득이는 주둥이를 밀어 넣는다
시멘트 난간 너머로

탐욕스레, 저녁이면 다시
자기들의 인간을 삼키려고

애틀랜타 공항에서

천둥소리 내는 엔진을 달고
그것들은 줄 서 있다

붙어서 있다
하늘을 향해

우리는
인내심이 있다

절반 인생을 우리는
줄 서서 기다리고 있었다, 땅 방향으로

맨해튼 거리에서

너는 위를 올려다본다

너는 그 밑에 놓인 수렁을
감 잡는다

너는 외가닥 동아줄 위를 걷는다

위를 올려다보는
줄타기 춤꾼이구나

나쁜 날씨의 맨해튼

마치 신이
저걸 눌러 치우려 하는 듯
　　쓱 닦아 치우려 하는 듯
　　　　녹여 치우려 하는 듯

종도 없는 저 많은 탑을

캐나다에서 독일을 생각하며

이곳은 넓다

그런데도 너를 단단히 붙잡아주는 건 아무것도 없다

무덤 십자가조차 언덕에
고정되지 않는다

우리네에서는
모든 게 알맹이가 있다

심지어 복슬강아지*도

설령 그 속에
악마가 들었더라도

---

* Pudels Kern. '복슬강아지의 알맹이'라는 숙어가 배경에 있다.
  『파우스트』에서 복슬강아지로 처음 등장하였다가 나타나는
  메피스토펠레스에게서 비롯된 표현. '정체' '본색'을 나타낸다.

그리고 현실적인 독자는 말할 것이다

M. R. R.을 위한 사과

제 느낌에, 선생님에게서 뭔가 새로운 읽을 것이
다시 나와야 할 다급한 시간입니다.
— M. R. R., 1978년 12월 12일 자 편지

부디, 소식 들려주시고 원고 보내주세요.
실로 이제는, 우리 신문에 선생님에게서 나온 뭔가 새로운
읽을 게 실려야 할 다급한 시간이거든요.
— M. R. R., 1980년 5월 29일 자 편지

다급한 시간은 내면에서 나온다

다급한 시간은, 씨앗이
예쁘게 까맣게 될 때이다

그리고 그걸 먼저 아는 건
나무

정치가, 내 책 한 권을
칭찬하며

인간적인 책 한 권, 이라고 전화 속의 목소리가 말했다

나는 기다렸다

그 많은 환멸에도 불구하고
귓속에 남았던 건 새롭게 말등자에 오를
준비가 된 작은 대장장이

뭘 좀, 하고 그 목소리가 말했다,
저희 뜻에
따라서 쓰실 수 있겠어요?

거물 성직자,
예술가들의 양심에다

창조자가 되거라, 라고
그는 말하지 않는다,

그는 말했다, 믿음을
섬기라

참으로 미미하구나,
그가 가진 창조에의 믿음은

비방 시구 하나에 부쳐

책에서
한 쪽을 얻었다

삶에서
한 사람을 잃었다

(적어도 한 사람을)

이데올로기의 소망상, 여기나 저기나

출석해서
나서거라, 작가 K.

머리가 발에 닿게 조아리고

거칠게

백 명의 독문학자 중 시를 사랑하는 이는 한 명
그 한 사람 말고는 아무도 독문학자로 소명받지 않았다
. . . .
보조 해설:
그 한 사람 말고는
작가에게 사람은 없을 것

대꾸

어디서 (예술가가) 자기가 살아오고 겪어온 것의
구성 성분을 묘사해도 된다는 전매특허권이라도
받았단 말입니까? 제 생각에, 그런 권리는 민주적이지
못한 것 같습니다…
— 인터뷰 하나를 무시해달라는 청에 대한
    어느 저널리스트의 답변, 1978년 8월 24일

1
자취들은 우리 속에 있다
그걸 확인하는 건, 우리 자신만이 할 수 있는 일

그래서 우리 중 한 사람에게 주어져 있다
그런 쬐끄만 것에서
지문을 채취하는 작업

그리하여, 아직 들고 날 곳을 모르는 소녀 하나가
문득 계속 살아보겠다 할 것이고
현실적 독자 하나가 말할 것이다

아직도 시(詩)가 있구나

2
시인들은 그 어떤 독재자도
용인하며 곁에 두지 못한다

(그들의 쬐끄만 왕국에서, 자유로운 사람에게
시를 건네주길)

페터 후헬의 옹호
혹은
범주*

그 시구도 그건 못 해냈다
그의 무게보다도
가벼워지기

* 자신의 시를 이해시켜보려는 수고 때문에 공격받아 74세의 페터 후헬은
대답했다. "온정을 청하려는 게 아닙니다."

누구나의 하나뿐인 삶

eines jeden einziges leben

한 사람 한 사람이 세계를 시작하고,
한 사람 한 사람이 그걸 끝낸다.
— 아힘 폰 아르님

I

…그리고 저녁의 너의 귀향, 아주 평범한 귀향…
그걸로 충분했다, 집의 문에서 돌아가는 열쇠로,
그러면 벌써 나의 가슴이 더 빨리, 더 높이
뛰었다, 그렇게 말하듯… 마치 평화 시대인데도
끔찍한 위협 하나가 위협하기라도 하듯, 자신을
잃음이라는 위협이.
— 마리 루이제 카슈니츠

우리 집 설계
알프레트 쿠빈을 따라 자유롭게

당신 방의 창문에는 속눈썹이 달려 있어야 해

집 안으로 들어서는 문턱은
혀 날름거리는 뱀 한 마리(어떤 인간의
죽음도 아직 상처 아니다, 다만

누구나의 하나뿐인
삶의 기억일 뿐)

공사장 주말

사다리가 크레인에 목매달려 있다

땅 위에는
먹줄 감개, 그게 찍어준다
금요일 한낮 1시

건축주가 마음 쓰는 건 다만, 가을도
기와처럼 붉다는 것.

겸손하게 그는 정적에서
빈 맥주병들을 주워 모은다

미장이들, 공사장 가건물 문에
기대어

그들이 비운 맥주병 물 저울에 달아본다
그들은, 비에 대해
직각으로 서 있다

해 나는 주말은
에누리 없이
그들의 비밀

밤새도록 비는 몰려왔다
그래도 세상은 정상:
오늘은 공치는 날

일꾼들이 가버렸다

절대적으로, 많아도 너무 많이
우리는 이것저것 생각을 했다

우리 마음속에 지었던
집은 허물자

죽음이, 우리가 살아 있는 동안
벌써 우리로 이윤을 보지 않도록

집

이제 우리에게 집을 세주는 건, 죽음

우리는 모른다, 언제
또 누구에게 맨 먼저
그가 나가달라고 할지

아는 건 다만: 그 어떤 하소연도 다
반려된다는 것

불구하고, 만약, 그리고, 그러나 고향

지붕은 두 장의 각진 동(銅) 날개, 그걸 쳐드는
집 한 채

갈고리 발톱이 움켜쥔
내 나라

II

너는 누구인가, 높은 나무들 아래서 쉬는 것아?
— 게오르크 트라클

초봄

깊은 속은 아직 얼어붙은 풀밭이
갈매기들로 꽃 피고 있다

강가 버드나무를 강둑이 씻겨주고

휘도는 강물 리본이 묶어준다
매일 아침으로, 좀 더 단단하게

한여름

어찌나 메말랐는지,
밤이면 귓바퀴 속에서 느닷없이
솨솨 빗소리가 들려

맨발로, 너는 집 밖으로 달려간다

깃털 풀* 풀밭은 아무것도 적힌 것 없어 하얗고
하늘은
별들로 빼곡하다

* Federgras. 깃털(Feder)은 펜(Feder)의 뜻도 있어 중의적으로 읽힌다. 펜 쪽에 중심을 두면 '적힌 것'을 더해야 한다.

천둥번개 치기 전 '신의 마을'*

갑자기 불어온 돌풍이 교회
이마에서 갈기처럼 앉았던 비둘기들을 쓸어냈다

천둥 뒤 여러 날째 우리는
가장 낮은 소음도 털어낸다

거기에는
신의 마을에서도 믿음이
비의 비단실 가닥에 걸린다

* Gottsdorf. 고유명사이지만 어원을 살려 번역함.

큰비 온 후에

검게 흙빛만 남도록 잡초를 뽑아낸 뒷마당 비탈은
아랍의 태수령,
골풀 첨탑들이 가득해져 있다

앵두* 덤불들이
무릎을 꿇고 있다, 이마를
땅바닥에 조아리고

* Steinmispel. 바로 앵두는 아니고 작고 붉은 열매가 달리는 덤불 나무.
  이미지가 비슷하여 앵두로 옮겼다.

뒤편에서 보는 농가

들양귀비 맨드라미 내려다보이는,
모든 밤을 위한 좋은 방

고해석 안쪽처럼
한 번도 볕이 든 적 없다

성처녀도 발가락들로 더듬는다,
베개에 내린 빛 한 점 있나

스치는 곰팡내가
'부활 불가'를 상기시킨다

창문이 환기를 해도 소용없고
여름도 속속들이 데우지 못한다.

아침 어스름

낫으로 건초를 베듯 수탉이 잠을 벤다

그 울음소리, 하도 섬세하게 낫질되어, 베인 틈으로
내비친다, 꿈의
손톱이

너는 희망한다, 수탉이 멀리
다른 피곤함들에게로 가기를
그리하여 너의 피곤함 위에서는
재생초*가 자라기를

* 한번 베어내고 나서 다시 자란 풀.

겨울을 위한 시

박새들이 늑대처럼 모질게 죽여놓아
'나비 라일락' 밑 잔디에
연한 날개들이 넘치게 흩뿌려져 있다

넝쿨 장미 속에는
벌들이 염소처럼 붕붕거린다

이런 한낮으로 가득한 헛간 하나,
이 모든 넘침에다 더하여
정원 테이블에도
하얀 식탁보가 깔리는 시간을 위하여

저녁에

산이 숲의
목덜미를 누인다, 그 검은
뿔을

거름체 나무, 하늘이 체 쳐낸다,
별들을, 하여 우윳빛 가지들에 걸려
남은 내피가 하나씩 나부낀다

III

네가 어떻게 노래하든, 땅은 그대로 옛 땅,
나뭇가지의 잎은 네가 노래하지 않는구나.
— 세르게이 예세닌

좋은 포도주는 자족하다… 예술 또한.
— 블라디미르 홀란

계단 깔개 곁에 무릎 꿇고

하이너 펠트캄프를 위하여

계단이 발을
마주해 오는
낙차, 눈에 뜨이지 않는다

단어가 눈에 뜨이지 않게
마주 숙여 오게끔
단어의 낙차는 어떻게 정하지

선생의 질문을 담은 시

4월 어느 아침, 문득,
우편 자동차가 주차했다, 절반은
앞마당에, 절반은
아스팔트 위에

그런데 이런 걸 시인은 어떻게 표현하지?

밤새 황금 비 내려
울타리들에 좌르륵 꽃 피었네

인기 없는 시

예술이란… 어떤 사람들에게는 그 무언가이고,
만인에게는 아무것도 아니다.
— 블라디미르 홀란

우리는 누구나 주장한다, 자기는
자기 자신이어도 된다고

그리고 우리 모두는 완벽하지 못하다

그런데 예술 작품 곁에서만은 우리가, 그것이
그것 자체이기를 거부한다

예술 작품은 어쩌면 완벽한데

따라 시 짓기

황금저울로 달기
그러면서 마음을 정지시키지 않기

거기, 시인이 시구를 애매하게 놔두는 지점에서도
그를 따르기

그를 위해 고개를 들고 있기

망명 중인 시인들

그들의 신발 밑창에는
그들 언어의 흙이 묻어 있다

분명, 따뜻한 빵 냄새가
그들을 가엾어 한다

하지만 누가 알랴, 그게 뭔지
말 하나로 삶에 매달려 있다는 게

영감에 대하여

초보 천사 하나만
구름 아래쪽을 난다
(그는 천사이면서도
인간으로부터 충분히 멀리 있지 않다)

날개 하나가 네 머리를 스치면
그건 그런 천사들 중 하나

너 또한 초보이다
그 천사처럼

남들을 위한 독백

시는 부활과는,
쓴 잔이 인간 곁은 지나쳐 가도록
땅과 하늘을 이어주는 부활과는
아무런 공통점이 없다

시인이 세우는 상(像)은
그가 아는 것을 의문시한다

시는 안정에 도달한 불안정

(또 이것이, 시인이 일찍이 안정의 가장자리에서 살아내는
    모든 것)

- - -

또 시는 포기
삶에서도 언어에서도
하지만 먼저 삶에서이지,
양쪽 모두 다 똑같이 많이

세상에서 네가 아쉬워하는 게
외로움에서 이상일 수 없다

사랑에서조차
그 이상일 수 없다

저녁들, 거기에 너는 머리 기댈 수 있지
낮 동안 절망적으로 찾았던 말이
잠 뒤쪽에서 떠오르도록

시인임

…우리 따뜻한 나라들로 떠나자

— 얀 스카첼

경탄을 따라 주욱
시는 모여 산다, 그곳으로
우리 가자

그 누구로부터도 강요받지 않음, 빵 속에서
빵과
다른 것을 칭송하자

독자

토니 폰그라츠를 위하여

어디로,
어디로 말은 가버린 걸까, 침묵 되어
죽음에 버려져, 어쩌면, 드높이 올려져,
그저 공명 공간이리,
그 어떤 마음도 없는

IV

부조리가 횡행한다, 그것에서 구해낸다
사랑이.
— 알베르 카뮈

밤이면

비탈이 가만히 집에게 몸을 기댄다

아직은 우리, 누워 있다
차안(此岸)에

아직은 우리, 베개 밑의 정적을
털어낼 수 있다

매우 나이 드신 아버지

이미 늘, 너는 그의 침묵을 따라
선 하나를 그을 수 있을 것만 같았어―한 줄
직선을

그런데 네가 가 닿진 못하지, 거기
그의 침묵이 가 닿는 곳으로는

아버지가 돌아오셨다

한번은, 광산의 조 작업을 끝내고 집으로 돌아와
아버지께서 말씀하셨다, 작업한 곳이
정확하게 묘지 밑이었다고

무덤보다 깊은 건
없었다고…

나중에, 땅 밑에서,
당신 두 눈으로 보았다
위로
망자들이 실려 올라가는 걸

그럼에도―화차가 다가올 때면
상노인의 눈에는 늘 그 장면이 보였다

무덤보다 깊은 건 없다…

이별

열차 승무원이 철커덕 문을 닫는다, 침묵 속으로

신호는 검정 바탕에 쓰여 있다

점점 멀어진다, 손수건을 든 손
날개가 하나뿐인 새

파사우 우울

좁은 골목길들에선
우산들이 솟는다
서로서로의 위로 다정하게
하지만 저녁에, 이제 아무도 너를 마주해 오지 않는데
생쥐 한 마리나 왼쪽에서 가로지르면, 너는 안도한다,
    오늘
중세의 비가 오는 건 아니라고

폐 전문의 카로사*여도 이제,
한 편의 시
이상은 처방할 수 없으리

* Hans Carossa(1878~1956). 의사이며 따뜻한 시를 쓴 시인.

8월

풀밭들에는 소 방울 소리가 사라졌다
깊은 우물 속
물에서 남은 건 냄새뿐

황금물받이들 안에는 더위로
갓 올린 지붕의 목재에 맺힌 송진만 가득

집 안에 있는 우린 용서를 빌어야겠구나,
목 타지 않아서

열풍

바람이 회오리를 끌어당긴다

신경 줄이 잘못 조율되어 있다
고통스러운 지점까지

몸을 4분의 1만 돌리면
속에서 뭔가가 산산이 터져버려

너는 무대 뒤로 갈 수 없다
끊긴 현(絃) 하나를 갈아매는 비올라 연주자처럼

모라비아에서 온 방문객

책이 비워지도록, 밤이면 밤 그는 읽었다, 격렬하게
담배를 피우며, 기침하며, 아침 무렵까지, 하여
진동하였다, 마치 그 호흡의 나무에서
거대한 죽은 가지가 떨어지는 듯

낮에는 그가 의심에 차 있었다

저들은 그곳에서 그의 노년의 빵을
담보물로 가져갔다

또 그의 무덤을 위한 땅도

하지만 그는 고집했다, 달리 그 어디도
땅은 땅이 아니라고
                    하여 그의 말의 살갗을 뚫고
주먹 뼈의 흰빛이 희미하게 내비쳤다, 그도
젊은 시절에는 그러쥐었던 주먹

망명지에서의 꿈

어머니의 뼈가 자라나
집 안으로 들어왔다

아들을 보겠다, 어머니가 말했다
방으로, 가라!

어머니가 아들을 보겠다 한다, 방이 말했다
집으로, 가라!

그러자 집이 말했다, 가라! 도시로
또 가라! 도시로, 나라로, 어머니가
아들을 보겠다 한다

그곳에서 오는 M.을 위한 부적

자기 자신의 중심을 위해
침묵하며 비켜서기

에어푸르트 대성당 안에서는 묵묵히
볼프람이 촛대*를 들고 있다

* Wolframleuchter. 에어푸르트 대성당 안에 있는, 청동으로 된 인물 입상.
 서서 양손에 촛불을 쳐들고 있는 모습의 대형 촛대이다.

구도심의 신축 건물

사람들이 허문다, 고딕식 천장 아치를, 영원의
둥지를

수백 년이 절했던
높은 용마루가
들쑤셔진다

길거리 벤치에서 노인들이 회상한다, 아직 이곳에서
살아도 되었던 때를
거대한 담벼락에 피어났던 초석(硝石) 나무를

오래된 대도시 묘지

묘지도 어느 날엔가는 죽는다

망자들이 너무 많아
대리석 비석들 때문에, 이젠 묘지가 숨을 못 쉬게 되었다

묘지들을 위한 묘지는 없으니—
묘지가 어디로 가야 할지를 몰라, 사람들이
그걸 시간에게 넘긴다

그러고는 가서 살펴본다,
뭐가 남아 있는지

젊은 오토바이 주자들

그들이 내 귀에다 박아놓은
굳은살을 나도 귀에서
털어내고 싶다

너희 때문에도 내 귀가 멀고 있다
지금

공회전 속
최고 액셀

속도 높이고 소음,
그것이 목표로구나

세대들

···그때는 아빠가 죽은 지 벌써 오래야. —그러면 내가 일을 하지,
늘 그저 저축하지, 천 마르크를 벌 때까지.
그다음에는 화환을 서른 개 사지, 마로니에와
나뭇가지들이 달린 예쁜 걸로, 그러고는 그걸 아빠 무덤에 놓지.
— 다섯 살 아들

이 화환들 중 하나를, 아들아
네가 내 무덤 위에 놓으면

마로니에와 나뭇가지들을 내가
월계관인 양 쓰고 있으마

죽어가는 나무 아래서

우리가 대지를 모욕했다, 대지가
그 기적*을 회수하고 있다

기적의
하나인, 우리가

* 독일어에서 '기적(wunder)'과 '상처(wunde)'는 발음이 비슷하다.

알렉산더 폰 파버 카스텔 백작을
위한 작은 찬가

영혼은 그 자리가
마음 부근이다
— 테제

우듬지가 성기게 되어버린
나무 한 그루 한 그루—그로써 나무는 영혼 속에서
불안의 가시를 싹틔운다

마음 부근에서 나무는
그 물가 풀밭의 웅덩이를, 사라진
풍경의 메아리를 파서, 참호를 만든다

그러고는 숲 가장자리에다 꽂아준다,
마지막 백로의 은빛을

늙은 두 손을 위한 동화

블루베리의 푸른 피 곁에서, 붉음은
모든 푸른 것과 같이 피이다, 숲이 들어 올려준다
귀족으로

왕가에 발 들여놓으며 열매에 열매에다
절하는 이, ─ 그이만이
희망해도 된다

손가락 끝을 물들인 불루베리 검정은
분명
태어날 때부터 있던 것일 게다

부활절

종들이 울린다, 마치
기쁨으로, 빈 무덤에 대한 기쁨으로
뒤집히듯

그것에 대해, 한 번
무언가 참으로 위로가 되는 것이 이루어진 것에 대해

그리고 그 놀람이
2000년을 지속된 것에 대해

종들이
자정 무렵 저토록 격하게 망치질을 해댔음에도—
어둠에서는 아무것도 떨어져 나오는 게 없구나

생일 편지

그런데 이렇게 말하면, 무(無)와 눈에 눈을 마주했다고
  하면
우린 자신을 속이는 거야

무는 눈이 없어

우리는 보아도 보지 못하는 사람들이고

하여 눈길 받지 못한 사람들, 우리는
서로에게 눈길 보내지 못하는 거야

M.*의 문학 문서고

지하실을, 명부의 강에 닿도록 팠다

벽에 노 하나
기대 놓여 있다. 사공 카론이
읽고 있는 것

그가, 망자를 건네주기 전에,
원고를 한번 살펴봐줄는지…

인쇄되지 않은 오류들도 안 돼, 그가 말한다

노래들을 그는 읽는다
오르페우스의 노래들을

그때부터, 자기는 노래를 나른다고

노래를 사랑처럼 나른다고, 그가 말한다. 그러나 죽음은
그 노래를 위해서조차 무엇 하나 뒤집지 않는다고

에우리디케도 뒤따르지 않을 거라고

벽에 기대 놓인 노 곁에서
그 말을 한다

그런데 왜 그는 여기서 오르페우스의 노래들을 읽고
　　있을까?

망자들의 그림자 나라에
상계(上界)의 빛 한 줄기가 내려 있다

* 현대 독문학이 집대성된 방대한 전문 도서관이 있는 마르바흐로
　추정된다.

유명한 서방 시인이
서명한다

더미에서 내려, 펼쳐져, 그에게 건네지는 한 권 한 권
속표지를 그는
완벽한 천둥번개 서명으로 정화시킨다

인생 거의 절반을 우리는 그 책을, 우리가 그의
펜 앞에다 놓는 책을 지켜보았다(그 책에는 언젠가
      우리가 그걸
그 밑에 숨겼던 복도 판장에
눌렸던 자국이 그대로 남아 있다)

그 시인은 그 책을 보고 또 본다. 책 더미로부터 눈길은
      떼지 않으며—
그러고는 옆으로 밀어놓는다
이니셜만 써서

기억흔

페터 후헬이 동독에서의 굴욕의 긴 세월 후 1971년
가택 연금을 벗어나 서방으로 넘어가도 되었을 때,
그는 큰 명성이라는 강자 핸디캡*을 가지고 갔다… 그러나 이제
후헬이 서독 시인이 되고부터는 더 이상 간과되지 않았다… 이 시인의
의미가 예술가적, 심리학적인 성질이기보다는 동시대사적
성질이라는 것이.
— 함부르크, 1972년 10월 28일

그들이 그에게 얼마나 굴욕을 주었는지
그는 자신의 삶을,
사람들의 길들과 교차되는 길들에서는 거두어들였다

이곳에 도착하여 그는, 자기가
벗어나지 못했음을 읽었던 것

* Vorgabe. 약자에게 주는 우선점, 강자에게 주는 핸디캡.

과잉 처방

장 아메리를 추모하며

죽음에 앞서, 죽느라 그가 지쳤던
작은 죽음들 때문에

수많은 작은 살인자들 때문에

인생 고지 위에서의 야상곡

우편이 밤에 와
모욕의 글들을
달이
문 밑으로 밀어 넣어주었다면…
— 일제 아이힝거

모욕의 글들이
우편으로만 왔으면,
우리가
우리 자신을 믿는 아침에

당부, 그대 발치에

나보다 일찍 죽어요, 아주 조금만
더 일찍

집으로 오는 길을
혼자 와야 하는 이
당신이 아니도록

V

우리가 인간이기 이전에,
우리는 음악을 들었다.
— 프리드리히 헤벨

어떤 쳄발로 연주회가 끝나고

청각 속에는
섬세하게 자아낸 은(銀)실, 시간과 더불어
검어질 그것

그러나 어느 날 영혼은,
더 성긴 자리에서도
끊기지 않으리

실크 짜 넣은 나인* 양탄자

모니카와 미지의 직녀를 위하여

이걸 디뎌도 되는 이는 태양,
달을 스쳐 갈 때에만

곧바로 밟으면, 다치게 할 수도 있다,
그 속으로 짜여 들어간 눈빛을

---

* Nain. 중앙아시아의 오아시스 도시. 이곳에서 생산되는 전통적인
  페르시아 양탄자는 가장 아름다운 수제 양탄자의 하나로 꼽힌다.

오리엔트 양탄자

완벽한 것을 창조하는 건 알라신만이 할 수 있는 일

완벽함에 이르기까지
오류를 범할 수밖에 없는 인간은, 자기의 신에게 신적인
　　　것을 준다, 짜 넣는다
한 올 틀린 색실 가닥을

그리고 70만 매듭을 흠결 없이

발레리나

그녀의 두 발은
두 개의 초승달

하여 땅에는
하늘이 둘

하여 우리도
두 배로 산다

에드바르 뭉크: 적과 흑, 채색 목판화, 1898

태어나면서
우리는 배제당했다

또 누구든 누구나를 배제한다

그래서 우리가 서로를 포옹하는 것

포옹은 만인을 배제한다
단 한 사람만 제외하고

절반 야생인 아틀리에 고양이

쥘트섬의 화가 S.의 방명록

사람들 주위에 또 그림 그려지지 않은 전지(全紙) 주위에
원호를 그리며
고양이가 진을 친다
펼쳐놓은 수채화들 위에서…

은총입니다, 명인이여, 고양이에게 그리고 우리에게!

이 고양이, 모든 사람의, 예술의
화해적 요소를 주장하는 사람들의
누이네요

어떤 토르소에 대한 명상

> …어느 (고대 후기) 대리석 비너스상…,
> 수백 년을 두고, 그렇게 결단코 이교를 부정해야 했던
> 성마태 순례자들의 의무적 돌팔매질로
> 못 알아볼 정도까지 훼손되었다.
> — 카탈로그

주먹에 쥐인 암흑은
우리 속 암흑의 한 조각

주먹을 쳐드는 사람은
어둠을 증거로 쳐든다

그런데 우리가 돌로 치는 순간,
우리 속 암흑은
돌 속 암흑과 같은 밀도

VI

테주강은 내 마을 강보다 아름답다.
그럼에도 테주강은 내 마을 강보다 아름답지 않다.
테주강이 내 마을 강이 아니기 때문이다.
— 페르난두 페소아

프로방스에서

한낮의 테를 두르고
하늘은 딱딱한 한 덩이 푸른 돌

금잔화가 풀을 뜯는다, 노랑 떼를 지어

먼지가
날려 올라, 주인에게로 간다, 주인은 자기인데

마르세유에서의 방향 잡기

밤은 접속이 끊기고
낮은 아직 접속되지 않은 아침이면

액셀 밟기와 액셀 밟기 사이에서
커브들이 숨을 돌리면

또 여자들이 기다란 바게트 빵을
깃대처럼 들고 거리를 지나면, 그 빵들에서
따뜻한 향기가 퍼지면

너는 문득 찾아낸다, 이 남쪽에서
중심을

일요일 오후 포르투* 근교에서

마치 그들은 신이, 흙이 아니라
바닷물로 빚어놓기라도 한 듯

또 마치
썰물과 밀물을—자기 자신의 것을, 한 주일의
리듬으로—따르는 듯

일요일이면 바닷가에 서 있다

돌풍이
절벽을 휩쓸고 부서지는 파도를 누를 때면, 그들은
차 안에서 기다려낸다

기다려낸다
시간에 시간을

바닷가에서

* 포르투갈의 도시.

포르투갈의 어부 아내, 얼음덩이 든
바구니를 머리에 이고

그녀는 남자들이 아침에 잡아 온 것을 팔았다

그녀의 검정 옷이
은빛으로 반짝인다

브랑쿠시: 입맞춤, 몽파르나스 묘원의 무덤 조각

마치 그들이, 이 무덤들의 요새 사이에서
길을 잃어버린 듯

마치 묘지가, 최후의 장벽이라는 공고를 띄우고
도피 중인 그들을 붙들어 세운 듯

드디어 가지기 위하여,
산 사람 둘을

예루살렘 통곡의 벽
돌 틈에 꽂힌 쪽지들

혹여 신이 잊지 않도록

명명백백하게 신이
불안하도록

예루살렘의 하늘

정오, 12시 침, 회교 사원들이
돌 목소리로 외치기 시작하자
기독교회 탑들이 말에 끼어들었다,
무거운 종소리로

유대 사원이, 그래 보인다, 그 검은 외투를
더 꽉 조인다, 말씀을
외투 안쪽으로 꿰매 넣어둔 것

잘츠부르크
묀히스베르크 위에 서서*

서유럽에 도착한 후

여기로
다시 돌아오기, 이제부터 그걸 내게서
막을 수 있는 건 오직 가난, 질병
그리고 죽음

지붕들의 동(銅) 기와 가운데서 눈길이
저녁을 돌아본다

고향을 그리고 세계를 가지기
그리고 다시는 거짓의
반지에 입 맞추어야만 하지 않기

                                        페터 크뢴에게 헌정

* 잘츠부르크는 무엇보다 시인 중의 시인이라 불러도 좋을 시인 게오르크
  트라클의 도시이다. 묀히스베르크란 '수도승 산'이라는 뜻으로,
  트라클의 집에서 바라다보이고, 그 위에서는 아름다운 작은 도시가
  내려다보인다.

VII

너희는 내게 집 한 채를 지어주었다,
나로 하여금 다른 걸 시작하게 하라
— 볼프강 힐비히

자서전적으로

너희 생각하지 말라, 저녁에 눈을 감으면 내가 보지
　　못하리라고
거기 너희 있는 곳의 길들, 목걸이처럼 늘어선
언덕을

메달 하나, 오락가락하는 시계추 하나도 나는 보아낸다,
　　생쥐를 잡는 여우 한 마리도

오솔길들로도 생각이 간다,
사슴들의 깊은 사이렌 같은 울음에게로(불그스레한
　　배태의 달 아래
비탈 가파른 편암 지붕들, 소리 없는
빛여울들)

꿈속 나는 문득, 그곳에 가 있다, 내가 결코 다시

가 있어야만 하지 않으려 했던 곳에, 나는 벗어나기라는
상급 학교를 꿈꾸기를 연습한다, 내가
꿈을 꾸도록

독일* 발라드

어머니의 고령은
어머니를 찾아뵐 이유가 못 된다고 한다

뇌경색도
이유가 못 된다고 한다

이제는 그가 가도 되었다, 한 가지
이유가 온전했다, 죽음

* 독일 분단 시대.

1983년 작센* 지방에서 온 편지

그들은 갈라놓는다
묘지를 교회로부터
필요 불가결한 것을 재앙으로부터

그들에게 믿을 만한 건
죽은 이들뿐

* 작센은 구 동독 지역.

너희네서 다시 마주침

의도치 않게
온정을 청하기 위하여
— 페터 후헬

너희네 신문들이 침묵으로 은폐한
상실*을 너희네 교과서들이 알리게 되거든—그때나
어쩌면

하지만 우리가 그 나날을 끝까지 헤아리지는 못할 것

그곳에다 대화들을 심은** 너희,
뿌리들을 개간하라 명령하는 곳에다,
나는 만남의 지점을 남겨둔다,
너희가 그걸 남겨두도록.

얼음새의 푸른 글씨 획 곁에다,
얼음새는 개울들이 근원까지 얼어붙을
그때나 자기 자리를
떠나는 새.

---

  * 시인 페터 후헬이 오랜 가택 연금 끝에 동독을 떠나 서독으로 가버린 일.
 ** 페터 후헬의 시 「테오프라스토스의 정원」에 나오는 구절이다.
    아리스토텔레스의 수제자 테오프라스토스처럼 철학을 이어가고 식물을
    아끼며 가꾸고 '대화를 심'었건만 개간하라는 명령이 떨어지는
    동독 현실을 우회적으로 표현한 시이다.

그들의 깃발들

그들의 깃발들은 우리의 이상을 바람에 휘날리게 한다
우리는 "깃발로부터의 도주자"*라 불린다,
우리가 변함없이 이상에 충실했기 때문에

* 탈영자를 뜻함.

VIII

나아가 세계로 나가기
— 헤르만 헤세

부조리한 순간

땅, 예리하게 계산해낸
화형 장작더미

봄이 그 푸른 띠를 두른다…

이제 태워 내릴 수 있다
모든 하늘을

평화

골짜기 속에는
하얀 배의 하얀 굴뚝 하나
나무들 위로는
망치와 낫*이 그려진 굴뚝 하나
내 창 앞에는
망치와 낫이
소리 없이
상륙해 오고

* 소련 국기에 그려진 그림.

시인 콘스탄틴 비블*의
죽음, 1951년

고향을 생각하며 나는 눈길로 지구를 꿰뚫는다
만약 지구가 유리로 되었더라면
유럽의 모든 여자들 치마 밑을 내가 볼 수도 있었으리

이따금씩 흰 속옷 안 두 다리가 소용돌이친다
마치 파리에서
발레리나들이 번득이는 거울 위에서 춤추듯…

내 아래 깊은 곳에서 천상의 계곡 하나가 빛을 냈다
나는 그리스도처럼 걷는다, 어깨에 십자가를, 남십자성을 지고…
세계의 다른 편은 보헤미아,
아름답고 이국적인 땅
— 콘스탄틴 비블, 1927년 자바에서

늘 질문이 남는다, 누가
십자가를 지면

그러면 늘 유다의 왕과
비슷함이 생겨난다

그는 자기가 쓴 글을 취소할 수도 있었으련만

하지만 그는 저 아침에, 창을
열었을 때, 이마 통증으로
가시면류관을 알아보았다

그리고 골고다는 도시 한가운데에 있었다

그는 풀썩 쓰러졌다
프라하의 가장 어린 발레리나의
두 발 앞에서

---

* Konstantin Biebl(1898~1951). 체코 문인. 1951년 11월 프라하에서는
  열한 명의 피고가 반유대주의적 심판으로 사형을 선고받은 일이 있었고,
  초현실주의 시인들을 공격하는 캠페인도 있었다.

토룬의 심판당한 이들

1985년 2월 7일 폴란드 비밀경찰 직원들이 유죄로 드러났다,
솔리다르노시치(연대 노동조합)를 돌보던 성직자
예르지 포피에우슈코를 납치하여 일벌백계로 살해한 데 대하여

그들의 숙명: 그들 나라가
배반적으로 작은 것

그들의 희망: 큰 땅

미동 없이
땅이 등을 돌린다

하지만 누구든 안다, 땅은 깨어 누워 있다는 것

토룬의 설

보도에 따르면
녹음테이프 트랙을 넘겨주다,
엄지와 검지로
목 매달 밧줄처럼 감아

전위부대, 여기

두 손에는
포석들, 무거운 암흑의
씨앗들

투석에 투석, 전위부대가 앞으로 나아간다

밤

다시 한 번 엘리자베트를 위하여

자기들 자신의 어둠 때문에
그들은 하늘에서 내려질 것

그러면 이곳의 많은 사람들이
그들에게 어둠을 들이대겠지

그러고 길을 가리켜주겠지 — 예감 못 하고,
차례가 오면 그건,
자기 자신의 문으로 가는 길이기도 하리라고는

IX

나는 좋아하지 않는다, 삶이
자신의 작품과 일치되지 않는 사람은.
— 로베르트 슈만

의제 요목: 평화

네가 손을 뻗는다
둘이 너를 거부한다
저곳에서 온 한 사람
이곳에서 온 한 사람
한데 우리는 겨우 넷뿐

새해를 위한 세 가지 소원

투명 울타리

집요한* 질문(목덜미에는
솜털 약간)

앞서서 진군하면
부서지는 다리들

---

* '집요한(hartnäckig)'이라는 형용사는 '굳은(hart)' '목덜미(Nacken)'라는
어원에서 비롯되었다.

이
땅
위
의

하
루

ein tag auf dieser erde

뜻했던 건 전혀 우리가 아니었다.
뜻했던 건 우리에게
빛을 준 것.
— 일제 아이힝거

모든 계절에 하는 산보

… 태어나는 것과 죽는 것 그리고
그 사이, 아름다움과 우울.
— 알베르 카뮈

나는 좋은 삶을 살았다. 나무들의
시간에 살았다.
— 파보 하비코

에를라우, 말이 느껴지게

우리는 잠잔다, 뺨을 강물에다
물의 확고함에다 대고

하지만 점점 더 자주, 우리는 깨어 누워 있는다,
정적에서 지주를 찾아내기 위하여

낱말들에서 외떨어져
언어의 난장을 떠나

집 앞에서, 주목의 가지 갈라진 곳 속에서는
지빠귀가 들리지 않게 노래를 부화하고

강물 건너편 피라왕에서 들려오는 종소리는
시간을 차감해간다

빈 생선 바구니 속에 참 많기도 한 어획

아침이면 너는 아침을 낚는다,
분홍 줄이 있고, 배는
연푸른 물고기를

점심때면 납빛 납,
정오가 물고, 찌는 멈추어 있다,
단단히 박아 넣은 듯

저녁이면 저녁이, 낚싯줄을
황금 주둥이로 문다, 어두워진다,
빛이 스러진다

밤이면 네가, 별하늘의 비늘을 턴다
검은 가죽 살갗만 남기고

피라왕에 있는 작은 성베드로 교회

그 교회는 숫자를 열둘까지 셀 줄 아는데
단 한 번도 잘못 헤아린 적 없다

숫자를, 안쪽 벽에 그려진
최후의 만찬에 앉은 제자들의 수에서
명심한다

또 탑은 모서리가 넷,
원형 지붕은 여덟
그래서 만들어진다,
낮을 위한 열둘이
밤을 위한 열둘이

알기는 그렇게 단순한데
믿기는 벌써 더 어렵다

작은 종이 울린다,
성당지기가 대장간에서 일요일을 벼리듯이

푸른빛 들판에

나무는 비스듬한 돛,
　그림자 드리운다
　배 되어서

비구름이 걷혔다

하늘은 물빛 속에 멈추고
연못은
고여 있다, 푸름에 마비된 듯

호두나무,
커다란 초록 개, 턴다
그 젖은 가죽을

다락 구석지

지붕 밑에, 거의
하늘과 살에 살을 대고

우주가
땀구멍을 뚫고 들어온다

밤이면 너는 듣는다, 어스름이면
대들보 속으로 밀고 드는
보라매의 날개 쳐드는 소리

새벽이면
꿩이 너의 잠을 뒤흔들며
꺽꺽거린다, 자기 왕국을 발걸음으로 재어보며

그 한가운데다 네가
잠자리를 폈다

여기서는 어떤 시인도 잠자느라 놓치지 않는다,
시를

젊은 농부 아낙, 잠자리를 펴며

그녀 두 손의 북 치기 소용돌이 아래서
빳빳해진다
　　　　장식 베개들의 2인 보초가

블라우스 땅 위를 산책하고 있다
멋진 둘이
　　　　오르락내리락
　　　　오르락내리락

비스 성당*이 있는 원경

숲 뒤, 숲들 앞
풀밭들 가운데 있는 비스는

하늘의 손가락 지문

신의 엄지손가락이
속속들이
빛으로 물들었다

만약을 위한 '잘 있어'

> 사랑하는 비스, 어쩌면 내 눈이
> 다시는 널 보지 못하겠지, 잘 있거라
> ─ 비스 성당 대들보에 새겨진 1867년 11월 11일 자
> 어느 티롤 지방 스무 살 신병의 글

어쩌면, 비스가
그를 받아들여
그가 성당을 다시 보았겠지

그때는 다만,
신성한 대들보에 대한 경외심으로
손이 마비되었던 거고

우리를 위해서
비스도
대들보를 뒤집어놓을* 수는 없다

* 상황을 바꿔놓는다는 뜻.

평원의 소나무 무더기

우듬지들,
안쪽으로 휘어져 있고

그걸 맴돈다
바람이, 개가
바람이, 늑대가

노래

풀밭들에서 개울이 마치 기도하듯,
참 많은 굽이굽이에서 무릎 꿇었다

한 해는 꽃 졌다

미루나무 방벽에 바람 고인다

경작지 위에서의 저녁 만찬

저녁에
모깃불을 돋우시면서
할아버지는 별들을 만드셨고
그 별들은 나중에 우리 머리 위에 떠 있었다

우리는 별들을 다시 알아보았다

그리고 달은 가엾은 형제,
해에게 구걸하러 갔다
(때로는 뭔가를 받았고
때로는 받지 못했다)

아직도 나는 모른다, 달이,
지구의
미리 떼내놓은 얼굴인지

할아버지는 신을 닮았는데
아직 나는 아담도 못 되었다

그때만 해도 내가 하늘을 먹던 그때

질문과 대답

손주들에게

우리의 운명은?

우리 안의 많은 것이
우리보다도 오래되었다

우리의 해명은?

진실과는 우리, 우린 방황하기에,
다툼하지 않는다, 항시
진실은, 그냥 그대로 진실이기에

우리의 방책은?

가능한 것을
불가능한 것과 나누기

우리의 슬픔은?

우리가 언젠가 우리였던 것과
같을 수 있었다는 것 —

　　　　　　　　사람들이 우리를 빚어놓았다,
자기들 모습에 따라

마침내 우리는 금지된 거울에서
우리 모습을 보아버린다

우리의 잔치는?

나무 아래서
빛과 그림자를 함께 나누는 것

피아니스트에게
명성의 알갱이들을 뿌려주는 것

늘임표에서는 침묵하는 것
포도원 악보에 따라

미레유 댁에 손님으로 가서

그녀의 방명록은 민둥산
가지들을 다 쳐내어버렸다

불났던 곳은 많고
그녀에게 고향은 주어지지 않았다

그녀의 선택은, 장소가 되어
스스로에게 고향들을 만들어주는 것,
언어로

어디서든 사람이 앞에서 시작하면
그녀가 통역한다,
실망에서 실망으로

숲들이 허락되었을 때 그녀는
검은 가지들 밑으로 갔다

세계가 우리를 위해 바뀌지는 않는다

그녀의 손은 새의 부리,
마치 소파 등받이 천에서

실 가닥을 뽑아내려는 듯,
쉬임 없이 쫀다
마침내 둥지 하나를 짓기 위하여

여름 편지

문을 콰당콰당 닫는
집에서는 뱀이 못 견뎌요
— 어떤 손님

우린 어떻게 사나?

벽에 벽을 맞대고
독사와 함께

여러 해 전부터

점심때면 독사가
사냥에서 돌아온다

커다란 자갈돌 사이에서
본디 그렇듯 실 가닥으로 늘어져
몸을 덥힌다

지킬 거리를 명하며, 여왕이다
왕관 쓰고

그러다 뚫어 보는 눈길 앞에서는
슬며시 물러난다

453

빠른 야행

한 번도 우리가 해낸 적이 없다, 세상을
떠날 만치 미워하는 일을

끝에 가서 회한이 우리를 엄습하지 않기만,
사랑받지 못한 사랑에 대하여

아침의 수리

타일 가운데
튀어오름 하나
            한 올
당신의 머리카락

이렇게나 많이 빠지네요, 미안해요!

한 올 한 올이 위로다
당신의 있음이다

11월

하늘은 눈으로 검고,
연못 속에서는
눈이 솟아오르기 시작한다

소리 없이

머리가 세어갈 때, 우리 마음속에서처럼

얼음장

어깨에 어깨 곁달고
여러 날째 강물 위 얼음장 무더기가 골짜기 따라
밀려간다

종소리를 울린다

어느 계절에나 나가는 산보

E.를 위하여

아직 팔에 팔을 낀 채
우리, 서로에게서 멀어지고 있다

어느 겨울날
한 사람의 소매 위에
눈만 내려 있을 때까지

E에서의 야상곡

내 흰머리 곁에
또 당신 머리의 흰빛 곁에

시간은 벌써 너무 짧다,
용기를 잃어버리기에는

무(無)를 두려워 말라

그때까지는
쇼팽이 우리에게 작은 손가락을
내밀리니

남십자성

나는 당신을 세계의 중심에다 놓아준다,
거기서부터 당신이, 이 세상에는 무슨 온갖 것이 있는지
편안히 주위를 둘러보도록.
— 피코 델라 미란돌라

포젠, 봉기 기념비
1956/68/70/76/80/81

서로 붙여 밧줄로 묶은,
하늘에서 이슬 내려주는
십자가 둘:

포젠 단치히

그러나 내게는, 마치
폴란드와 독일이
함께 성호를 긋는 것만 같다

그런데 폴란드 독수리가
날개를 펴고 있다,
지켜주며

시인 출판인

리슈아르트 크리니츠키를 위하여

시의 생존을 위해
생존을 걸기

서재 절반을 팔아버리기,
한 권의 책을 찍기 위해

그 책을 철하기
자신의 명줄로

시적, 폴로네이즈적 순간

로츠의 사보이 레스토랑 대기실에서
세 자매가 화장을 하고 있다, 칠십
문턱을 훌쩍 넘어서버린 이들,
어머니

누군가에게 언젠가
하늘이었던 입술에다, 그녀들은 덧발라준다
하느님을 수정하며
붉은 저녁노을을

프라하의 에피소드

동료 K., 어떤 예전
권력자의 아들이, 이제는
기업가 아들이, 택하라고 했다
프랑스 코냑과 스코틀랜드 위스키 중에서

그 값을 치러줄 부모를 가질 특권이
누구에게나 주어지진 않는다며

Č.가 결단했다—
하나는 어머니를 위하여, 하나는 아버지를 위하여
두 잔을 그 얼굴에다 뿌렸다, 두 분 다
보헤미아 출신

그렇게 완성했다
벨벳 혁명을
피 얼룩으로

브륀의 묘지

…오래 쓰던, 내 충직한 만년필을 잃어버렸어.
…새걸 하나 보내줄 수 있겠나? 가능하면 그림자 지게끔
써지는 촉이 달린 것으로, 즉 비스듬하게 깎인 끝이 있는
것으로, 부드러운 것 말고 말이야, 그래서 글씨가, 누르면,
가볍게 그림자를 던지게끔.
— 얀 스카첼, 날짜 없는 편지

…검정 잉크를 몇 병 보내줄 수 있겠나?
— J. S. 1989. 9. 18.

검정 잉크는 이제
영원토록 충분하다

하지만 거기 어디서 당신이
그림자를 얻겠나?

당신을 위한 무덤은 얼마나 말이 없는지!

당신은 늘 원했었지, 비밀이
비밀로 머물기를

혼자서도
자신의 시구 속에서도

우리가 머리를 숙이고 서 있다,
당신 펜촉의 환한 면에서

브르샤츠, 호텔 '세르비아' 401호실

만약 벽지가
나무의 속껍질이었더라면, 치유의 수액을
벽지에다 쏟아부었으리

콘크리트는 울지 않는다

있을 수 있다, 훗날 여자들이 우는 일,
아니면 모기 피 가득한 종이 위에다
자기 이름을 남긴 녀석들의 하나가 우는 일이

　　고란
　　니나

　　조란
　　릴리야나

　　니콜라
　　테아
　　영원토록!

마치 사랑의 행위들이 지겹다는 듯
벽지 이음새가 말린다,
맹세들 뒤
벌거벗은 것을 드러내며

브르샤츠에서, 비에 속속들이 젖어

아나와 페트루를 위하여

호텔에서 다리미 하나를
청했다

그 많은 층, 그 많은 방—
다리미 같은 재산 목록 한 품목은
찾아낼 길이 없었다

너희가 나를
너희 집으로 초대했다

방문의 판장에
번쩍이는 못이 하나 박혀 있고, 거기에 걸린
다리미

문에 대한 연민이 나를 사로잡았다

다리미 하나 가운데서 온 나라가
내게 두 팔을 벌려주었다

그리스도 후 2000년

그 많은 목소리들, 그 많은 변호인들,
각자가
하늘을 통째로 소유하고

폭탄에 십자가형 당한
자살 테러범 일당이
저녁이면 마을로 들어와—
어머니는 집 안에서
빈 품으로 앉아 있고—
벌였다,
도끼서약친구잔치를

신(神) 위에 세워진 슈더스 마을*

신은 비탈이고
그리고 비탈이란
밀려 내린다

계곡 위로 드리워진 작은 종들이
지켜준다, 지켜준다

* Schudersdorf. 가파른 비탈에 세워진 오스트리아 마을.

바스쿠 다가마의 후손들

오늘날 사람들도 놀란다

놀란다, 수백 년 전에 쓰인
위대한 한 편의
시를 보고 놀라듯

혹은 시인이, 자기 자신의
착상에 대하여 놀라듯
혼자서, 미지의 해안을 자신의 해안과 연결시키며
대륙 하나를

혹은 세계 가장자리를 넘어서 가는
길 하나를 발견해준 착상에 대하여

그 길들의 끝에서는
아직도 배들이 닻을 내린다

위대한 시구의 끝에서처럼

리스본에서 내륙으로

가로수길 나무들의 등걸에다 써놓은
붉은 글씨들,
나무껍질에는 금이 나버리고

근절이 안 된다,
혁명처럼

그리고 농부는, 소가 끄는 수레 축에다
기름칠을 하지 않는다, 삐거덕 소리가
늑대와 악마를 물리친단다

브레멘의 포도주 거래 대상인
헤르만 제그니츠에의 오마주

포도 그루터기가 스승님이었다

땅이 석질이면 석질일수록
그만큼 더 뿌리가 깊고
뿌리가 깊으면 깊을수록
그만큼 더 땅은 안전하다

또 포도원 포도나무 열 끝에 심긴 장미 그루터기는
그에게 전 생애를 상기시킨다
무엇을 위한 것이었는가를

나이 들어 그가 작별할 때
잔을 채웠다, 오래 묵은 포도주로
마고와 라피트
페트루스와 피쟈크
(샤스-스플린이
그의 젊은 여주인의 입술에 담겼다
포도 그루터기 하나, 넝쿨 져
올랐다, 그를 휘감고)

이런 걸 아는 한 사람이 갔다,
하지 않은 약속을 지키기—
그게 충직함인 것을

암스테르담, 여왕을 기리는
민속 잔치

독일, 독일, 모든 것 위에*

가로등 기둥에 사슬로 묶인 자전거
바큇살을 사람들이, 자전거가, 짓밟았다,
스르르 주저앉을 때까지

너의 분노가 그들의 눈길을 벗어나지 않았다
맥주 거품이
네 안경 너머로 솟았다

그들이 벌써 다시 자제하여
차가운 술을 부어
의식이 돌아오게 하는 모습

다른 사람들은 못 본 듯 눈 돌리는 모습

그때 우리네에서와 같았다.

* 독일 애국가의 첫 구절. 너무 위압적, 국수적이라 하여 잘 불리지
않는다.

운하 위 다리

수백 년을
구워온 네덜란드 벽돌에

스프레이로 구호가 뿌려져 있다

오래된 다리들에 대한
경외심도 없이
어디로 가려고

교토의 벚꽃

인간의 손으로
한 가지 한 가지
하늘 안으로 엮여 들어갔다

만개한 꽃 위를
신들이 거닐다

4월 일본 사원의 뜰

교복을 입은 어린이들이
삼각기(旗)를 따라가고 있다

떨어진 꽃잎의 흰빛 사이로
가로세로
검은 이음새들이 교차한다

그리고 실패는 끝이 없다

큰 화가 제슈에 관한 전설

아무런 쓸모 있는 것도
제자 제슈는 하지 않았다,
그림으로 시간을 허비했다

그 벌로 선사(禪師)는 그를 묶어 처넣게 하였다
옥(獄)에다

거기서 제슈는 눈물로
쥐 한 마리를 그렸고, 쥐가
포승을 물어 끊었다

타슈켄트의 아미르 티무르*
기마 입상의 세척

지배자의 이마 앞에
손 하나, 다섯 손가락의 손
우즈베키스탄의 왕관,
멈출 곳을 찾으며

굴러가는 빈 세제 통을
어떤 사람이 발로 제지시킨다

아무것도 기억시키지 말라,
머리통들이 굴렀던 건

* Timur, Tamerlane(1336~1405). 14세기 중앙아시아의 정복자.
바그다드, 다마스쿠스, 이스파한, 델리, 앙카라 등이 다 수중에 들어갔고,
피정복자에 대한 잔혹함으로 악명 높다. 이스파한을 점령하고는
7만 명을 죽여 그 머리통으로 피라미드 120기를 쌓았다고 한다.
바그다드에서도 9만 명이 학살당했다.

「타슈켄트의 아미르 티무르
기마 입상의 세척」에 대한 주제 변주

아틀란트 같은 말 이마에서부터
밧줄로 내려져,
배 아래 사다리 속으로 무릎 꿇으며
말발굽들 앞에서(얼굴은
마치 발에 또 양탄자에
입 맞추듯 깊이 숙이고)
남자들이 문지른다
동(銅)을

하루 종일 문지른다, 조명 불빛 속에서도 여전히
문지른다, 문지른다

말과 기사(騎士) 속까지, 그가
그들의 피와 살이 되도록

선조님은 발로
그들 목덜미를 밟는다, 하지만 드디어
이방인이 아니다

나미비아의 고원

빛이
뿌리를 내리는 곳

빛이
풀 줄기 위에서 월동하는 곳

가시덤불 숲의 검은 구름을 뚫고
빛이
아래에서부터 꺾이는 곳

봄의 반(半)황야목

마치 그들의 우산에 붙어 있다가
방금 땅으로 떠온 듯, 가시가
돋아 있다

천상적인 분할,
그 나무들이 던지게 될
그림자를 옹호하려고

어깨 부위에
활짝 핀 꽃

빈트후크* 부근의 회오리바람

땅이 하늘에다 구멍을 뚫으려는 듯

모래 회오리가 휘몰아친다

목마른 모든 것이
머리를 조아린다

그래도 강물은 오지 않을 것이다

사막 영양**의 유골이 바람에 날려 올 것이고
하여 모래에서는
작은 수맥 탐지 지팡이나 솟을 것

* 나미비아의 수도.
** Springbock. 남아프리카에서만 서식하는 영양과 비슷한 동물.

남십자성

너를 돌로 치는 밤들

별들이 쏟아져 내린다
밤빛 위에서

너는 별우박 속에 서 있다

어느 하나 너를 맞히지는 못한다

그런데도 아프다,
그 별들을 다 맞은 듯

장벽

··· 하지만 진실인 것은 벽 속으로도 뛰어든다.
— 잉게보르크 바흐만

··· 우리는 인간의 마음속에서, 효과를 내는, 변질된
평등 충동 한 가지를 찾아낸다··· 인간이 노예 상태에서도 평등을
자유로운 상태의 불평등보다 선호하도록.
— 알렉시 드 토크빌

시위하는 사람들

주먹에는
촛불 하나씩 쥐고

추락시키기 위하여!

거리의 보도 위로
촛농이 떨어지지 않도록
신중하게

아무도
추락해선 안 된다

장벽

그걸 조금씩 갈아 낮추던 때, 우리는 예감도 못 했다
우리들 마음속에서 그것이
얼마나 높은지

우리는 이미 익숙했다
그것이 만드는 지평선과

바람도 멎은 정적에

그 그늘 속에서는
아무도 제 그림자 드리우지 않았다

이제 우리는 맨몸으로 서 있다
모든 변명을 잃고

이 깃발로써 벌써

하인리히 오버로이터를 위하여

어떤 사람들은 깃발을 위해 바람이
못 불도록 설득해냈으면 했던 것 같다

우린 바람에다 걸었지

희망했었지
나라 깃발이 하나인
나라를

깃발로써
거짓말하지 않는
나라를,
깃발은 평화롭게 놔두는 나라를

만약 네가 그걸 알려고 했다면

그래 보인다, 얼음이 움직인다.
— 얀 스카첼, 죽음 전 마지막 편지, 1989년 11월 7일 자

얼음장이, 이보게, 터졌다네

하지만 우리가 어찌 되었는지
알려 했다면
그걸 알려 하는 게 만약 가능했다면
나는 충고할 거네,
묻지 말라

인간은 정적을 피한다

피하지 않으면 자신 안에서
죄가 무릎 꿇는 소리를 들을지도 모르거든

부드러운 어깨 치기

라이프치히의 호르스트 드레셔를 위하여

다시 음악이 있다, 남들 집에
(북일 뿐이더라도)

그러나 우리는 경험했다, 인생이
옳다고도 할 수 있다는 걸

그리고 그 밖에: 시는 진실 바깥에서
무엇보다 시라는 것

빌라도의 잘못

그가 본 건 예수뿐, 저이들은
보지 못했다,
한 천 년에서 다음 천 년으로
보고할 이들은

천 년 전환기에 쓰는 시구

우리에게 늘 한 가지 선택은 있다
우리에게서 선택을 빼앗은
자들에게 굴하지 않기 위해서라도

하늘

생각할 수도 있다, 모든 공중의 물체들이
한 손 가득한 씨앗이라고, 거기서 불과
몇 개가 싹이 튼다고…
— 폴 발레리

하늘

우산들 중의 우산, 장식되어 있다
새들의 행렬로

조각 또 조각을
우리가 떼어낸다
푸른 비단에서

그때면

어느 날 우리, 문득 영혼 속이 떨리리
풍경은 벅차리,
가슴 위에
담아 안기에

그때면 우리, 자락이 다 닳도록 더듬으리,
무언가가 던져져 들어와 있지 않은가 하고

첼로를 들고 오렴

경탄하는 사람이란, 작품 하나가 만들어진 것이
마음에 드는 사람, 거기에 대해 놀라는 사람,
그걸 놀랍게 여기는 사람, 인간의 능력을 고려하여.
— 폴 발레리

첼로를 들고 오렴

G. T.를 위하여

자아, 첼로를 들고 오렴, 조곡(組曲)을 만들어보게
그 조곡으로, 우리들 속 인간에게서 상실된
것을 만들어보게

그러면 너는 활을 편안히 놓으며 말하겠지
마리아 바르바라*라고, 우리가
우리들 속 그 a-현을
그녀의 이름에 따라 조율하도록

우리, 필멸의 존재들이
그런 불멸성을 상속한다

자아, 와인 잔의 발이
영혼의 현미경이 될 게야

---

* Maria Barbara Bach(1684~1720). 바흐의 첫 아내를 가리키는 듯하다.

요요마가 첼로로, 구조대가 도착할 때까지
고속도로 위에서 시간을 어떻게 이용했는지

길 가장자리 표시선 위에서
그는 그 저녁을 위하여 연습했다,
하이든을

아무도 방해하지 않으며
방해받지 않으며,
하이든의 시절에
고속도로는 없었으니까

그랜드피아노가, 열어놓은 냉각기 뚜껑이,
김을 내고 있었다

콘서트 전의 빈(Wien) 젊은이들

무대 위에서는 아직 콘트라베이스가 잠자고 있다
뚱뚱한 줄 인형들, 끈은
배 위에 놓인 채

고수(鼓手)석 의자들 아래 무대는
아직도 지난번 연주를 게워내고 있다

그러나 그들, 그 도시의 딸들 아들들은
가장 값싼 좌석들 중에서 그래도 가장 유리한 좌석들을
벌써 차지하여 지키고 앉아 있다
함락시킨 성채를 지키듯

블라디미르 호로비츠가 빈에서
모차르트를 마지막으로 연주하다

그는 벌써 우리들보다 그*에게 더 가까웠다,
그에게 돌려주려고 왔다,
그가 그로부터 평생 빌린 것을,
그리하여 그걸 그에게 연주해주었다, 저 건너편 정적
    속으로,
나르는 손가락으로

우리도 끝에 가서는
두 손목이 아플 때까지 박수를 쳐 보냈다,
이편으로부터 그에게로

* 모차르트를 가리킨다.

시인 마리얀 나키치

뭉글뭉글 솟는 검은 구름 한 장, 그렇게 그는
발코니에서 솟아, 탁자들과 의자들 너머로
자신을 펼쳐내며
우리 집을 채웠다. 우리가 어딘가 낯선 곳을
더듬더듬할 때까지

　　하늘도 한 장의 전장(戰場),
　　태양이 전투한다고 그가 말한다
　　그 표시가 하늘가에 있다고, 그 많은
　　십자가의 무더기들이.

지나치는 김인 듯 그는 앉아 있다
지나치는 김인 듯 그는 먹는다
마신다, 마치 마시지 않는 듯

그가 말했다

말하면서
자신을 단단해져갔다

릴케, 후헬―그들의 시에서, 가파른
말 언덕들에서, 하나하나
자기는 말들을 캐냈다고
자신의 언어를 위하여

그런 언어 가운데서
굴욕 주는 이들을
벗어났다고,

언어로 가 닿으려 땅을
이제는 찾고 있다고

시구를 놓고 머리를 숙이고 앉아
우리는, 같은 편의 두 선수는, 자리바꿈을 했다,
지빠귀의 첫 노래를 들으며
우리가 잠에 떨어질 때까지

유년에 나는
새들에 가장 가까웠어요…

오, 그때는 내게 지빠귀가 얼마나 빛났는지
모든 새가 내게 손짓했어요.
그다음에는 내가 내게 나의 장례를 소개했어요.
나는 사라져요,
흰턱제비*처럼, 높은 곳 진흙 속에서
낮은 곳 아니고요.

그가 떠나려고 일어서자
그가 택한 하늘가에, 한 점
외로운 뭉게구름, 집 안에서는
거울에 김이 서렸다

---

* Mehlschwalbe. 직역하면 '밀가루 제비' '도시제비' '교회 제비'라고도
불린다.

아나 나키치, 무릎 꿇고

아들
이름으로 그녀는
성모마리아가 그려진 그림 막대 하나를
앞에 놓고, 거기에다 기도했다,
엄마 대 엄마로

낭독 여행의 밤

볼프강 프뤼발트를 위하여

.

무대를 내려오면서도
아직 오래 가슴이 뛴다

기억 속에서 너는 찾고 있다,
시가 너를 떠나 찾아 들어간
눈 한 쌍을

그러자 나그네의 잠에다
종소리의 바늘을 찔러 넣고 있는 이 탑 많은 도시가
아프게 하기를 그친다

시학

야쿠프 에키에르를 위하여

많은 답들이 있지만
우리는 물을 줄 모른다

시는
시인의 맹인 지팡이

그걸로 시인은 사물을 짚어본다
인식하기 위하여

만국어 동전

말은 화폐

진짜일수록
그만큼 더 단단하다

시인의 건배사

어떤 대단한 술에 닿는
지름길은 절대 없다

즐김 또한
의식을 예리하게 할 수 있다

벼랑 앞에 선
착상을 붙잡아 뒤로 당겨주는 게 술은 아니다

유효한 것

J. S.를 위하여

돌로 치려는 사람
그에게는 모든 것이 돌이 된다

그들은 네 무덤가에다 아주 살림을 차리고 앉아
너를 심판한다

사자(死者)들의 심판관

그러면서 모른다. 시인을 심판하는 건
시뿐이라는 걸

바티칸의 정원들, 캔버스에 유화

화가 울리케 헤어펠트에게

지옥과 천국 사이에
길, 비스듬하게
나 있다,
성직자 평복들 가운데서

하늘에는 푸름이 깃발로 드리워져 있다

지평선에는
신성한 소나무들의 성체 행렬
그 초록 우산들을 받쳐 들고

공기가 후광처럼
진동한다

연못 속에는
정오의 용암

신이
숨을 멈추고 있다, 쉬고 있다
바티칸 사람들이

바티칸의 정원들 II, 유화

소나무 우듬지들
하늘가의 초록 연못, 거기에
부드럽게 오르며 나무 등걸들이 기대어 있다

어쩌면, 성부께서
창조를 축복하시면서
위로 균형을 잡으시도록

아틀리에 안의 U. H.

그녀의 발치로 밀려든다
그림들이
        울타리가 열리기만
학수고대하며

붓 꽂힌 키 큰 유리컵이
목자의 지팡이 앞에서 터진다

동물 조각가 하인츠 토이어야르*의
병상 곁에서

바이에른 숲이
아라라트산맥으로 넘어갔다

하지만 간 곳은 노아의 방주가 아니라
그의 아틀리에

낯선 하얀 침대 가에는 짐승들이 둘러서 있다
목줄과 손잡이가 달린, 이
고통의 삼각형이 달린 침대―

                    비비 원숭이가 외면을 했다
더는 보고 있을 수가 없다는 듯

예술이란 불손
그중에서도 불손한 건 조각가:
아무도 조각가처럼
신을 따라 하진 않는다

이제 저기, 한 덩이 진흙이 놓여 있곤 하던 곳에
의사의 무균 삽입관이 놓여 있다

하지만 예술가에게는
예술보다
더 겸허한 게 없다

신성한 교리에 맞서서 무얼 낳아보겠다는 의도는 없었다
모든 존재의 혼을 받아
오직 인간만은—
　　　　　　　자신의 믿음에 맞서
제 두 손 안에서
영혼이, 동물의 영혼이
눈에 보이게끔 되었으리

작업장 창밖에는 둥그렇게
루젠산 자락이 솟아 있었다
거기서는, 열풍이 불 때면
멀리 있는 뮌헨이 보인다, 그
명성 높은 예술원이 있는 곳, 그 눈길은
여기까지는 닿지 않는다

방 안 어딘가에서 목발 두 개가
마음 상하게 한다

그사이 그는 다시
아프리카에 다녀왔다—물론 병원 차에 실려서—
동물들의 나날은 헤아려져 있다…

첸치 부인이 세탁된 침구를 가지고
킬리만자로에 쌓인 눈에 마음 쓴다

신이 노아의 시대에
대홍수를 보냈을 때, 총나이
950세인 노아는
600세였다

그는 예외였다

아니다, 노아는 여기 낮은 곳
자기 짐승들 사이에 누워 있지 않고
또 바이에른 숲은
아라라트산으로 넘어가지 않는다

그럼에도 ─ 어쩌면 있다
방주는

* Heinz Teuerjahr(1913~1991). 조각가. 특히 짐승을 다룬 작품들이
  비할 데 없을 만큼 탁월하다. 동물을 사랑하여 아프리카를 여덟 차례나
  다녀왔다. 이 작가의 말년에 쿤체 시인이 많은 도움을 주었다.

프리츠 쾨니히:* 제목 없음, 목탄화

머리는 가슴 위에, 두 팔은
활짝 벌리고, 두 발은
포개지고

십자가로 제압당한 채

떠돌며

오직 예술에서만
우리를 향해 온다

---

* Fritz Koenig(1924~2017). 20세기의 가장 비중 있는 조각가의 하나로
평가된다.

이 땅 위의 하루

내 아내와 나의 출판인에게

오늘 나는 아무것도 하지 않았다.
그러나 많은 것들이 내 안에서 일어났다.
— 로베르토 유아로스

I

일찍, 열린 문 앞에서
수노루가 초인종을 울렸다, 초인종 끈을 물어 당겨서
사과나무네 집에서

너는 박쥐의 잠을 방해한다,
벽에 붙어 거꾸로 매달린
기다란 장화의 잠을

물고기 바구니를 어깨에 멘다

풀밭 파인 곳들에는
안개의 재 무더기가 하나씩 고여 있다, 높은
등 깃발을 나부끼며
사람 키 크기의 쐐기풀이
네게 화인(火印)으로 찍어준다, 너의 살아 있음을

II

휘익 던져지는 낚싯줄이 그리는 원호를 뚫고
물총새가 그 푸른 실 가닥을 쏘아 올린다

어부가 어부에게 인사하네!

III

중간층 물을 떠다니는
숭어,
　　　그 그림자가
물 바닥에 어려 보인다, 그러나 빛 때문에
숭어는 제 모습을 거두었다

너는 꼼짝 않고 수직으로 서 있다, 숭어가
꼼짝 않고 수평으로 멈추어 있듯

마침내 숭어들이 수면에 올라,
어려 있는 물가 풍경을 마실 때
너는 그 동그래진 입을 겨냥하고
숭어는 뛴다

하지만 물 밖으로는
곤들매기의 붉은 불꽃이 튄다

풀밭에서 너는 숭어를 낚시에서 풀어내어
굽는다

　　　IV
지느러미들 붉은 오렌지빛, 하얀 자락은 꿰매어져 있다,
검정 실로

너는 무릎을 꿇고만 싶다,
돌이킬 수 없이 사라진 바늘을 찾으러

　　　V
이른 봄에는 물고기들이 개울에 비로 내린다

작은 숭어들의 구름이
자갈을 어둡게 하고, 그 꼬리들은
자갈에서 금빛이 나도록 비질할 것이다

곤들매기가
쏟아진다, 빛과 그림자 놀이로
초록 옆구리가 터져서
창조의 날에(흩어지는 도깨비불들, 보랏빛으로
푸르고 둥근 테를 두르고)

재가 쏟아져 내려 웅덩이를 주석 도금한다

너는 조개를 가른다,
분홍색 게도

이른 봄엔 네가 창조를 도우러 간다

            VI
진주들은
언젠가 개울 바닥에서 자랐다

진주들은 대사원의 보물 가운데로 가서 신을 기리고

너는 개울에다 기도한다
개울은 빈 묵주 끈

VII

얼음새는, 자루 푸른
단검

뭔가 보이지 않은 것 하나가 그 검을 던진다

얼음새의 동굴 속에서는
부리들의 회전목마가 하나 돈다
똥을 튀기는
똥구멍 회전목마도 하나

새는 그걸 물에 담가 씻어내고는
물에서 치솟는다

푸른빛 단검 하나,
자루는 흰빛
칼집들

뭔가 보이지 않는 것 하나가 그 검을 던진다

VIII

신이 허락하시고
자녀들에게 비밀이라며 깊은 곳으로부터 물고기를 주시고
말 없는 보석을 거의, 신이 우리에게 유보하고 계신 모든 것을
풀어줄 보석금으로 주셨다
— J. S.

네 머리 위 수직으로
우리가 세계를 걸어두는 못,

얕은 물을 건너던 장화의 뜨거운 살갗 위에서는
도마뱀이 햇볕을 쬐고

너희의 초록은
장화의 초록을
무색케 한다

마치 그 살갗에 돋은 진주알 하나하나에 눈을 단 듯
그건 산딸기 가시를 엿본다

네게는 온화하게 초록 눈길을 보낸다
붉은 눈꺼풀 빌로드 위에서
에메랄드들을 지운다…

건너편 강둑에는 — 이것이 있을 수 있는 일인가? — 그가,
죽은 시인이 서 있다

너는 그의 말소리가 들리는 듯하다:

··· 낚시꾼인 이가

어떻게 너는 나를 찾아냈지? 네가 불러도
그는 개울의 솨솨 소리를 향해 서 있다
마치 듣지는 못하고
예감할 뿐이라는 듯

레테강이 얼어붙었구나, 네가 외친다,
생시에 이미 죽은 듯 입 봉해진 시인들이
이제 길을 나섰구나!

그가 침묵한다

그에게 상기시킨다
지빠귀의 노란 눈에 비친 민들레를
　　어느 날
　　우리는 불쑥 떠나
　　시를 낚시하러 가
　　그렇게 돌을 넘어 밤에, 어둠 속에서, 걸려 넘어질
　　　　때면
　　강물이 화내느라 내뱉던 시를

그때 그가 낚싯대를 들어
던진다

공중에서
검정 글씨 한 획,
스러지는 편지에서처럼 휘어지고,
하지만 줄은 너의 뺨을 스친다

화들짝 놀란 네게
살모사가 구멍 속으로 미끄러져 드는 것까지 보인다
그 구멍 앞에서 네가 잠자고 있는데

도마뱀의 눈길을
풀이하기를 소홀히 했구나

IX

너는 재[灰] 깃발을 올린다
손으로

반기(半旗), 아름다운 깃발이 반기로 오른다

안구 한 귀퉁이가
눈멀었다

…

사냥, 오래된
충동

X

너는 존재 중의 존재

다만, 가장 아름답게 목매달린 채
알고 있다, 네가
떠나야만 한다는 걸

XI

흰 가슴 방패로
물지빠귀가 너를 세운다

너는 굴복한다

조건 없이

그러는 것조차도
물지빠귀를 날아가게 한다

XII

쏜살같이 빠른 숭어—
개울의 분꽃 비상

XIII

그들은 알고 있다, 개울이 어디에서 은빛인지
그리고 개울 속으로 뛰어든다

그러나 물 쪽에서는
그들이 너를 기대하지 않았다

어린 나무들이 갈라진다,
검은 짐승이 도피 중인 듯

XIV

갑자기 개울이 부른다
네 아버지의 목소리로 너를
이름으로 부른다

저녁이면 높은
창문 하늘로부터 놀이를
그만 끝내라던 목소리로

소용돌이음 하나

이젠 부르는 사람이 네 안에 있고,
저녁이다, 아들아

XV

버드나무들이 하늘로부터
마지막 날 빛을 쏟어내고 있다, 개울이
저문다

납빛 해골, 달 주위 온 사방
어둠에서 나선다,
무상의 상(像)

보
리
수
밤

lindennacht

천천히 걸어가면 마침내 그를 따라잡지,
그 노인을, 너인 그를
그리고 그의 그림자를.
— 파보 하비코

I

은하계 … 탑으로 치솟은 수학의 한가운데
이제 이 아이가 서 있다, 아이의 우유 항아리는 부서졌고.
— 에어하르트 케스트너

이미지들은 모두 단 하나의 진실을 향해 달려나간다 —
그러나 길들이 끊겨 있다.
— 니콜라스 코메스 다빌라

금붕어들이 사는 연못

내 연못은 굳이 하늘을
비출 필요가 없는 것 같아

내 연못에는 제 아침노을이 있지
깊고 맑은 물 속에서
자갈 위로 둥둥
너울 쓴 빨강 물고기들이 떠가거든

저녁이면 무리 지어 멈추어 있지
이글거리는 타는 무리
내 왕국에서는
해가 여럿 지지

뜨거운 한낮에만
빨강 물고기들은 거울처럼 비치는 둥근 수면을
커다란 푸른 물고기에 맡겨두지,
창조주가 날카로이 그늘 드리우는 갈대를 빚다가
    손가락을 베여
여태도 피 흘리고 있듯,
빨강 물고기들은 갈대 속에서
방울방울
서늘한 바닥을 붉게 물들이지

여름 물기슭이 다 불타고 나면
내 연못 속에서 꽃 핀다
물양귀비꽃들이
압축된 시간 속에서 그 꽃들은 열리고 또 닫힌다
잠 깨우는 양귀비—그 모습 보면 눈에서는
잠이 사라지지

떠다니는 빨강 물고기들은 또
오류 없음으로 찢긴
깃발의 펄럭임을
또 자기 삶의 곪은 곳을 떠오르게 한다

그 빛깔이 내 어린 시절에게 주었지
불 피울 석탄을, 풀잎과 하늘을
이 삼색 깃발 아래서 나는 섰다
굶주린 도피자, 중독이 되어
아름다움에

유년의 기억

제비들이 떠나려고 모이면
두 전신주 사이에 걸린
제비철조망이 갈라놓았지
마을과 하늘을

그러면 사람들은
죄수들이었다, 받은 벌은
겨울 형(刑)

지저귐이 사라진
전봇줄 형

그들 가슴속
빈 둥지 형

제비들이 모여
그 뾰족 꼬리 뾰족 날개로
경계를 표시할 때면

우리의 소박함

···나는 늘 우리 논밭의 소박함을,
우리 가정의 소박함을 생각합니다.
— 요한 23세

우리의 소박함은
논밭 한 번 가져보지 못했다

광부 아내가 빨래를 볕에 쬐어
바래도록 널 수 있는 풀밭은
집주인의 것이었다

공기조차도
남이 마음대로 하는 것이었다
　　　　　　　　　　　　흰 이불 홑청 빨랫감 위에
굴뚝 광재와 검댕이 내려앉아
다 바랜 빨래를
다시 빨았다

무거운 아연 분진이 내려 쌓인 빨래를 가지고
가파른 통나무 계단을 내려가고 또
올라왔다, 세탁실로
큰 통에다
빨래판이 있는 곳으로

잠자는 방 비스듬한 천창
높은 쪽에다 붙여 세운 장롱 속
밀린 빨래를 차곡차곡 개켜 넣어둔 제일 위 칸
맨 뒤에
성경이 있었다
                    결혼 선물, 그건 빨래처럼 바랠
필요가 없었던 것

한 번도 비단 가름끈의
접힌 끝이 펴진 적은 없었다,
그래도 아버지가 욕설을 내뱉을라치면
어머니가 바로잡으셨다
죄짓지 말라!라며

그런 소박함이 있었다
그런 하늘과 함께

광부 연장 주머니

할아버지, 그걸 들고
조 근무 하러 가셨다

진짜 가죽

구두장이 송곳과 꼰 실로
손질한 것

이윽고 그걸 들고 조 근무 하러
아버지가 가셨다

내가 물려받은 상속재산

단 하나의

광부 선술집

그들은 마셨다, 갱이 지하에서
홍수가 날 때까지

그다음에는 서로를 부축했다 지상에서
지하에서처럼

전쟁이 끝난 후

농부들은 추수 끝난 밭을 다시 파보았다
두둑한 이랑이
고랑이 되어버릴 때까지

낯선 사람이
논밭에 접근하면, 농부들은
말채찍을 내보였다

쇠갈퀴는 어린나무 숲에 숨겨놓고
우리는 숲에서 기다렸다
타들어가는 검불 이삭불 너머로
달이 뜰 때까지

배가 고파, 우리로서는
닿을 수 없던 그 하나,
뜨거운 재 속에서 터진
감자 하나가 빛을 뿜었다

옛 동요 가락에 맞추어

전쟁이다! … 원하노니
그 죄를 짓지 않았으면!
— 마티아스 클라우디우스

날아라, 무당벌레
아버지는 전쟁에 나갔지
아버지는 낯선 나라로 가야 했지
낯선 나라는 불타버렸네
하지만 그건 아버지의 전쟁이 아니었다

날아라, 무당벌레
아버지는 전쟁에 나갔지
조국은 불타버렸네
죄와 수치를 견뎌야 하네
하지만 그건 아버지의 전쟁이 아니었다

날아라, 벌레, 날아라
그건 아버지의 전쟁이 아니었다
조국은 언제까지나 조국
고사리손으로도 우린 그걸 붙들고 있다
하지만 전쟁은 우리 죄가 아니기를!

석탄 줍기

하차장 비탈—수백 미터 높이의 민둥 봉우리

기어오르노라면 쏟아부은 돌이 미끄러져 내렸다
바로 내 발밑에서 떨어져 나가, 두 손은
어디서도 붙들 곳을 못 찾았다

끌어 올리는
어머니 손 말고는

위쪽, 우리들 머리 위, 석탄이 쏟아부어지는 곳에서는
검은 무개화차가 흔들렸고, 거기서는 천둥소리를 내며
땅의 속이 쏟아져 내렸다, 지워진

지옥, 검은 물
바다가 쏟아졌다

오랫동안 어렸을 적 나에게
　　　　　"귀 먼 막돌"이란 말은
"귀 먹먹하다"라는 말과 연결되어 있었다

깊은 곳 안으로 솟구치는 자갈돌을 피해
우리는 옆으로 뛰었다, 그러면서도 갓 하역된 것 속을
　　뒤졌다
스물, 서른 움큼
석탄을 찾아

비탈에 접근 엄금!
생명이 위험함!

우리는 석탄을 주웠다, 살아남기 위하여

개흙이 묻은, 거의
돌과 구별이 되지 않는 석탄을(눈물로 한 번 더 씻었다,
집 뒤꼍 펌프의 물줄기 아래서
그렇게 주워 온 석탄이 그냥 돌로 밝혀질 때면)

빵집 주인은
석탄 일곱 삽을 가지고 오면
얇게 썬 빵 한 조각을 주겠다고 했다

하차장 비탈 숲 속의 산보

마지막 무개화차의 짐이 부려지고 몇 십 년이 지난 뒤에도
비탈 안에서는 석탄이 이글거리며 타고 있다

사람들은 땅나라 속으로 구멍을 판다
온기를 손으로 잡으려고
그러며 아이들에게 말한다

난쟁이들이 불을 지폈다고

난쟁이들은 그 말을 듣고
잉걸불에다 부채질을 한다

현실 같지 않던 5월의 어느 날

벚나무 배나무 들이 어찌나 꽃 피었는지
흰 구름 무더기로
변해버리고

마을은, 속속들이 피어 들어온
꽃으로 둥둥 떠 있었네

머리 희다고
우린 꽃 가운데 하나인 척했지
그리고 무게가 없어졌지

아직도 여전히

E.를 위하여

아직도 여전히 있다
젊은 허리의 지평선이

아직도 여전히
가장 부드러운 부드러움은
가장 부드러운 부드러움

거울의 가차 없음이
우리를 속이지 못한다

우리가 더 많이 안다
거울보다

별빛 밝은 밤 천장으로 난 창

다시 E.를 위하여

우리는 버려져 누워 있다

하지만 차라리 불안한 채로,
우리 머리 위에
인간을 닮은 형상을 갖기보다는

삶

자기 자신의 창조주

자기 자신을
의식하게 되면서,
그것은 화들짝 놀라

창조하였다
자신의 창조주를

믿음에 대한 경외심 가운데 드는
대담한 생각

어떤 사람이—신을 믿는 일은
있을 수 없었던 사람이—
신 앞에 서 있다

그러자 신은, 행동과 삶의
무게를 저울질해보며
말씀하신다

나는 너에 만족하노라고

'필레몬과 바우키스' 주제의 변주

위로이리라, 수백 년을 더
서로에게 가지로
닿아도 된다는 건
                  그리고 보리수는
당신에게 어울리는 것 같아

우람한 참나무의 본성은
내게는 괴로울 것 같아, 정향나무* 심을
내 안에서 느끼네

---

* Holunder. 영어로는 '엘더베리'. 방사형의 향기로운 흰 꽃이 피는
덤불 나무. 신성하게 여겨진다.

'필레몬과 바우키스' 주제의
두 번째 변주

큰 가지 잔가지 가운데서 우리
우리를 넘어서서 지속하지는 않으리

하지만 우리는 은총받은 사람들

아직은 끝까지 살아도 된다
나무들 아래서

보리수

우리가 심었지
우리 손으로

이제 우리 한껏
고개를 뒤로 젖혀
나무에서 읽어낸다,
때가 차자면, 우리에게
얼마의 시간이 남았는지

감을 잡은 듯, 보리수는
우릴 위해 하늘을 채워준다, 꽃송이들로

씩씩한 원칙

우리, 시간이
다가오면, 그것과
다투지 않겠다

있을 수 있다, 그 언젠가
빈 신발 한 짝을 볼 때
우주가
우리 머리 위에서 무너져 내리는 일이

그럴 때면 생각하자, 발을,
그 신발과 하나였던 발을

그리고 엄지발가락 유희들,
헤아릴 수 없이, 우리가
나란히 누웠을 때면 했던
                              우주를
다시 쏘아 올려
제자리에다 돌려놓던 유희

기차 타고 가기

한 사람은 아직도 한참을
더 살아야 하리라

가장 나쁜 건 아마,
기차에서

두 목적지 사이에
사랑 없이 있음

보리수 꽃 핀다, 그리고 밤이다

공기는… 이렇게 따뜻하고 죽음처럼 고요하다
― 아달베르트 슈티프터

보리수 꽃 핀다, 그리고 밤이다
벌들의 요란한 웅웅거림 그쳤다, 벌들 대신
붐빈다, 별들이

사람은 떠돌이 양봉쟁이, 밤이면 벌통을 들고―
미닫이 뚜껑은 닫고, 환기구 막이는 열어놓고―
바퀴 삐걱거리며 불쑥
새 풀밭을 찾아 떠났다,

불현듯 다른 꿈에
마음이 끌려

그는 하늘의 기울음을 재어보고
불쑥 그는 떠나지
저 먼 곳의 희미하게 빛나는 무리에게로

몸 안에서는 이브의 유전자가 돌고 있다

그렇지만 그가 제아무리 자기 하늘 원구의 지름을
측량할 수 없이 늘여도, 그는 늘 오로지
안쪽 면만을 따라서 날고 있을 뿐

세계의 다름을 우리가
이해하려 한다면, 우리 자신이
달라져 있어야 하리

우리 사람은 꽃 피는 보리수 아래
그리고 밤이다

자연시

사물들은 귀 기울인다, 내가 그들을
바른 이름으로 부를 때에만

그러나 인간만은
착각하고 싶어 한다

인간은 착각한다
세계를 벗어날 수 있는 양, 사물들은

용서를 모르는데

호박(琥珀) 보석 나무

무겁게, 어린 참나무가
갈색 가을 잎을 달고 있다
투명한 얼음에 갇힌
잎에 잎을

도나우 골짜기 위 북극 높이로

어제만 해도 밀고 있었다, 거대한
부초 이파리처럼
얼음장들이 서로를
충충이

간밤에
얼음장들이 굳어, 흰 이파리 가장자리를
위로 젖힌 채

햇빛 속에서 번득인다
꽃 피어난다

저지 바이에른에서의 겨울 명상

눈 사구(沙丘), 네가
그 뒤에 수직으로 솟아오른 것을
영양의
뾰족 뿔로 여긴다

빛깔은 희다,
하늘의
땅의
지옥의

검은 것은
관(棺)을 뒤따른다

종 모양 새 모이를 매단 나무

아침, 검은 송이가 떨어진다
눈 덮인 가지들 위로
나무를 까맣게 물들인다

태양이 꽂힌다
심(芯)에

저녁이면 나무가
여문 속씨앗 그림자를 던지겠다

모진 정월

눈 덮인 헛간
씨앗 빼곡히 박힌 해바라기 꽃심 바구니

하늘에는 한 분

파사우 아래쪽 도나우 아침

멀리 원형 톱 돌아가는 소리와 더불어
골짜기에서는 자동차들이
안개로 나누인다

세 차례 뒤늦게 운다,
성경 지식이 탄탄치 못한 수탉이

동쪽으로부터 강바닥이 빛으로 채워지고
이글거리는 물이랑 위
안개가 안에서부터
빛을 뿜기 시작한다

높은 산비탈 사이에서
하늘로 치솟아 오른다
아침의 파이프오르간,
                    흔들리는 구름의 바로크,
스페인 트럼펫까지 갖추고

하늘에 대한 믿을 수 없는 소식

비로 무거워진 속눈썹
골짜기에서 벌판이
한 눈을 연다
푸른 안구의 눈을

오래된 생울타리의 잔여

흰 가시꽃과 붉은 가시꽃,
한데 얽혀 자라 있다
살아서든 죽어서든

가지들에 거품이 인다
흰색에는 붉게
붉은색에는 희게

살아서든 죽어서든
꽃 피고 있는 숲

녹슨 잎 알펜로제

꽃 피어야만 하는 것은, 꽃 핀다
자갈 무더기 속에서도 돌 더미 속에서도
어떤 눈길 닿지 않아도

황야, 엽서 위에 붉은 터치를 한

점점 히스 풀, 열어둔
묘원을 닮았다

하나하나 돌아가자
해가 아직
모래에 불붙이기 전에

노간주나무 보초가 서 있다
버려진 초소에

사방에서
성큼성큼 다가온다
소나무 숲이

커다란 여름 보리수

가지들이 초대한다
우산 드리우는 몸짓으로

그 밑에 들어서면, 네 시선은
한 마리 색동 멧새로 변한다

그 새는 기어오른다, 네가 현기증 날 때까지
그 말이 네 손에 떨어져 내릴 때까지, "하늘초록"

여름에 날마다 5시 30분이면

찢듯이 울어대어
북 두드리듯 날개 퍼덕여
꿩이
하루를 연다

그러고는 내내 꺽꺽거린다
6시 3분까지
그래서 나로 하여금 알게 한다
그가 나를 좋아하지 않는다는 것을

작은 개

주인 J.를 위하여

결코 무는 일이 없도록
작은 개는 위험을 무릅쓰고
몸을 던지거라, 허공에서
빙그르 돌며
제 주인이
곁으로 뛰어와주기를 기다리며

공감을 보여주거라
작은 개는 공감을
그리고 한 인간을
사랑하거라

주인이 치르는 대가: 그 작은 개의
개가 되는 것

뛰어올라주었으면, 친구, 작은 개여
외로움의
목젖까지

동아시아 손님

그녀 배가 고픈가?
아뇨
그녀 배가 고픈가?
아뇨
그녀 배가 고픈가?
약간

세 번
산에다 대고 문 두드려야 한다
세 번째에야
열린다—
틈새 하나

신문이 있는 아침 식사

예전에는
따라잡을 수 있었다

입소문쟁이를

이제는 그가 몇 초 안에
지구를 한 바퀴 돌고
                    이른 아침이면 떨어진다

검정 인쇄잉크 냄새를 풍기며
온 세계의 식탁들 위로

수백만의 혀로
제 입술을 핥으며 입맛 다신다
평판의 살인자가

인간이라는 말

사랑이 없는 곳에서는
그 말을 발언하지 마라.
— 요하네스 보브롭스키

어디든 인간이
인간에게
인간인 곳에서는—

발언하라
그 말을

부끄러움을 위하여

II

이따금씩 '사이나라'에서 살아도 되는 사람은, 그곳을
결코 완전히 떠나지 못한다. 그가 사는 그곳은 두 세계로 행복하게
쪼개어져 있다. 그는 그중 하나의 세계, 바깥 세계에서 활동한다. 그러나
그가 발 딛고 있는 땅바닥보다 단단한 버팀목이 필요하다면,
그는 그것을 언제나 찾을 수 있다. 그에게
'사이나라'는 대안 세계이다… 인간세계를 견디는 데
도움이 되는 모든 것이 거기 있다.
— 에르빈 샤르가프

피아니스트

그의 두 손이 — 손가락에 깃털이 달린 사이존재가 — 날고 있다

두 손은 저항하고 있다
죽음 이후의 죽음에

어느 타인의 죽음
또 자신의 죽음에

그 손 뼘,
한 뼘 영원

21세기 작품들이 있는 콘서트

우리에게 허여되었다,
수천 년이 술렁이며 물 흘러갔어도
음악 앞에서 사는 일이

그렇지만 벌써 넘겨들을 수가 없다
음악이 끝난 후의
이 술렁임을

천재와의 화해

모차르트의 250번째 생일에

그들이 그의 편지들을
파헤치듯,
　　　파헤치듯 한마디
외설스러운 말을 찾아

그들은 그를 파헤친다
그들에게 보다 가까워지도록

귀한 권고

방 천장 귀퉁이에 절어 있는 기름 덩이가
어쩌면
예술 아니었나

공공연한 무대 위에서
드러낸 성기는
해방 아니었나?

그리고 박수를 쳤던 사람들은
다만 그들 자신의
인질범일 뿐이었을까?

권할 만하지 않다, 몰락을
재앙이 오기도 전에
몰락이라 부르는 것은

푸아드 리프카*

… 대지의 폐허 위에
아직도, 눈을 놀라게 하는
재스민 덤불 나무 하나,
저녁별 하나
— F. R.

자기가 무엇이겠느냐고, 그가 말했다,
독일이 없었더라면
그러면서 그가 뜻하는 건
휠덜린, 노발리스, 릴케

웃던 사람들에게 그 말은
웃음을 막는다

찬양받을지어라
아랍의 문자 바다
그것이 지닌 것에 대한
경외심을 일깨우는 그 바다

그의 시구들을 바라보다가—
시구들이 넘어오는 지평선에 매료되어—
우리가 말한다
                              … 대지의 폐허 위에
아직도, 눈을 놀라게 하는
시 하나
저녁별 하나

* Fuad Rifka. 시인 푸아드 리프카는 1930년 시리아에서 태어나 현재
  레바논에서 살고 있다. 독일 튀빙겐에서 하이데거 미학으로
  박사 학위를 받았으며, 여러 독일 시인의 시를 번역하고 독일에
  아랍 문학을 소개한 시인이다.

원고가 놓였던 곳

독일민주공화국 국가안보부, 서류번호 X514/68,
쿤체, 라이너… 작가.
1976.03.17. 원고 보관에 대하여 알려진 바는?

L.에 사는 농부 아내
프리다 D.의 옛집
낡은 빨래 압착 굴대의
누름돌 아래 그건 놓여 있었다

　　가짜 방화 요원으로부터
　　가짜 지하 파이프 검사원으로부터
　　가짜 친구로부터
지켜져

　　내가 어린아이였을 적
　　이불 빨래를 마치면
　　빨래 압착실에서
　　무거운 나무 롤러를 끌어다
　　두 손으로는 커다란 쇠바퀴를 잡고
　　압착 굴대를
　　　　　　　　돌려
　　세상을 살 만하게 만드셨던
　　어머니를
추모하며

풍자 시구

1996년에서 2006년에 걸쳐 200년간 지켜온
정서법이 그 본질적인 부분에서 무효하다고
공식적으로 선언함으로써 독일 정서법의
단일성이 파괴되었다.

문교부 장관 W. 교수 왈 "문교부 장관은 오래전에 개혁이
틀렸다는 것을 알았다… 국익 때문에 되돌리지 못했다."
국익—언어보다 높은 재산!

논박의 여지 없음

언어는 입을 다물어야 한다
높은 국가권력이
자신을 언어의 후원자로 여기고
야만인들이 언어를 관리하면

국가 엄숙주의

국가가 언어에서 그 수호천사를 추방하자
천사는 신의 집으로 날아 들어갔는데
거기서는 벌써 천사를 기다리고 있었다,
정서법적 종교재판이

오판

언어가 고등 법정에 나타났다
그러나 판사들은 이해하지 못했다
언어를, 언어가 말하는 언어를.
그걸 이해하는 사람들, 그들은 귀 기울이지 않았고

바깥에서 아이들이 노는 동안
책상에 앉아

어린 소년소녀들이
내 정신 위로 뛰어 올라타
말달려 간다, 빨리, 빨리, 빨리
정신을 타고 오버른첼*로

나 가엾은 사람
정신이 없어져 이제 어쩌나?
너무나도 좋아라
정신은 먼 곳에 머물러 있네

* 오버른첼은 쿤체 시인이 사는 곳의 바로 옆 동네임.

빛으로 남은 대답

아직 글을 쓰세요? 오래
아무것도 못 들었는데요.
— N. N.

책이란
본디 고요한 것이랍니다
들리지는 않지요

하이쿠 교실

다섯 음절 겸양
일곱 음절 외로움
다섯 음절 슬픔

노령의 하이쿠

절망적으로 찾는다,
사물들의 이름을
세계는 멀어지고.

III

… 세계는 내 것이다, 그러나 나는
세계에 꼭 들어맞지 않는다.
― 라인홀트 슈나이더

북쪽에서

사람 키의 버들장미
숲 가운데 벌채지들을 붉게 물들이고 있다. 마치 그
　　빈 곳들이
호수를 흉내 내어
저녁노을을 비추는 듯,
아침노을로 넘어가는 그 노을을

오직 숲만이 검은색으로 가득 찼고
사람들은, 귀한 보물인 양
속에다 품고 있었다
겨울 한밤중을 하나씩

뉘켈레 근처 핀란드

다리 위의 고라니가
바라보며 서 있었다, 마치 두 눈으로
조국을
조국을 지켜보듯

자작나무 숲과 더불어 풍경은
검푸르게 제 안으로 돌아가고 있었다
혼의 밝음만이
조금 바깥을 향하고

헬싱키에서 이른 시각에

나라를 위해 애국가를 쓰는 사람은
그 자신보다 위대하다, 나라는
그의 입상(立像)을 위하여
청동을 많이
투입한다,
그리고 그의 머리에는
잘 먹어 살찐 갈매기가 관을 씌워준다

하지만 애국가는 한 나라에 하나만 필요하다

그런데 밤을 지새워 피곤한 시인들이
왜 해변 거리의 은행을 바라보는가
왜, 도시 환경미화원이
갈매기의 흰 똥을 벗겨
그 이마를 깨끗이 하려고
고압 호스로 물 뿌리며
고가 사다리 타고 올라가는
저이를 곁눈질하는가?

부러워할 만한 건 아마
시인, 어쩌면 사랑의 시인
그 가운데 사랑이
존속하는
시구 하나를 이루어낸 이

낙원의 장소

에덴의 동쪽에는
무화과 숲 하나

헬싱키 북쪽에서는
아담과 이브가
치부를 가리고 있다
자작나무 가지 다발로

공연 전에

런던, 국립 오페라

헤아릴 수 없이 많은 사슬 곁에 홀로
내가 서 있다, 너무 일찍 온 사람
지하층 옷 보관소에

당황스럽다

어쩔 줄 모르고
그다음에야 생각났다

조 근무 전에
광부는 갱 입구 판잣집 탈의실에서
벽에서는 자기 사슬을,
높은 천장에서는
지하용 셔츠와 바지를
구두와 헬멧을
내렸다, 옷을 다 벗고
여러 차례 땀에 젖은
검은 살갗 속으로 다시 들어가기 위하여
거리로 나갈 때 입을 옷들은
천장에 걸려 있었다
교수형당한 사람들처럼

나는 외투를 내 자리 사슬로 묶어
안전하게 고정시키고
열쇠를 빼냈다,
그런 거쯤은 훤히
아는 사람처럼

프로방스의 돌담

아침이면 돌들에 붙어 있다
드골주의자들의 겹십자가가

사지를 있는 대로 뻗으며
슬며시 해를 피한다
'그랑드 나시옹(Grande Nation)'의 도마뱀들이

메아리 시조

일곡이 어드메고, 관암에 해 빗췬다
평무에 내 거드니 원산이 그림이로다
송간에 녹준을 놓코 벗 오는 양 보노라
— 이율곡, 1536~1584*

숲이어서가 아니라
단지 안에 든, 단지여서가 아니라
숲 안에 든, 숲이어서가 아니라
시 안에 든,
　　　　　무언가에 나 끌리네
이 나라로, 산이
그림처럼 펼쳐져 있다는

기꺼이 시인의 세계 속
저이가 되어보려네
시로 인해
시인의 벗이 된다는 이

* 쿤체 시인은 한국 방문 전, 한국 고전 시 번역을 찾아 읽고 그중에서
율곡의 「고산구곡가」 제1곡에 대한 이 답시를 보내왔다.

609

위로를 모르는 시조

물의 초록은 님의 변함없음을 말하네
물은, 영원히 흘러가며, 새로움을 찾네
— 황진이, 1516, 한국*

나 이제 어느 대륙에도 정주하지 못하고…
천천히 솟으며 맺히는 물음의 송진
나는 어디로?
— 전영애

님의 변함없음을 이야기하는 물빛은,
여기 우리네에서는 푸른빛.
새로움을 찾는 마음은 가르지 않네
아시아와 유럽의 물을.
안에서 무슨 빛깔이 비쳐 나오든,
눈물이 다르지 않듯.

* 시인이 찾아 읽은 한국 고전 시 번역은 (한글은 모르는 듯한) 독일
  중문학자가 번역한 것으로 번역은 때로 치명적인 오류를 보여주고 있다.
  그럼에도 시인은 황진이의 시조에 주목하여 시를 쓰고 있다.

한 분단국을 위한 씁쓸한 시조

> 이 정자를 어찌나 옮기고 싶은지,
> 임금님 다니시는 길 가까이
> 밭 가는 이들이 있다면
> 임금님은 보시리, 백성의 노고를
> — 오순, 14세기, 한국*

정자가 논밭 가에 서 있은들
보려 하지 않는 이에겐 아무 노고도 안 보이리.
임금님의 신하들은 죄다 증언하리,
농부들은 허리 굽힐 따름이라고.
더 잘 아는 이 누가 있겠는가,
한때 정자가 서 있던 그 땅보다.

---

* 인용된 시는 오순(吳恂)의 「관가정(觀稼亭)」의 독일어 번역을 다시
국역한 것이다. 원문과 풀이는 다음과 같다.

春耕欲耨夏多熱　봄에는 논 갈고 김매려니 여름이 너무 더워
秋斂未終天已寒　가을 추수 끝나지도 않았는데 날씨는 추워지네
安得玆亭移輦道　어찌 이 정자를 임금님 가시는 길에 옮겨
君王一見此艱難　이 고생을 임금님이 한 번만이라도 볼 수 있을까

611

서울, 궁(宮)

지붕에는, 불경을 찾으러 가는
스님
　　원숭이
　　　　　용
　　　　　　　돼지
　　　　　　　　그리고 이야기 속 모습들

종종걸음으로 내림마루들을 따라
세상의 네 방향으로 가고 있다

길은 모두 부처에게 닿는다

살짝 휘어 오른 추녀
맞춰 자른 것 같아라
부처님 미소에

서울의 거리 모습

모든 사람이, 그래 보인다
길 위에 있다,
                젊다 그리고
길 위에 있다,
                날씬하다 그리고
길 위에 있다

휴대폰을 귀에 대고, 서로에게 맹세하고 있는 듯하다,
저마다 나는 너를 위해 창조되었노라고,
하지만 길 위에 있다
서로 반대 방향을 향하며

서울의 선교

밤의 고층 건물들 위
교회 십자가들, 네온 불빛으로 가장자리를 두르고
빨갛게, 노랗게, 하얗게, 디즈니—
천국, 열려 있다
24시간

메가메트로폴리스 서점

서울, 국경일

문 뒤에서부터 벌써
거기를 떠나 거기 있는 이들,
읽으며

책꽂이에 기대어, 땅바닥에
주저앉아, 후드 씌운
잠든 젖먹이를 데리고

그들 언어의 먼 우주에
가 있는 이들

그곳, 스스로 찾아보지 않고
저절로 보여지는 어떤 곳

스스로 듣지 않고
귀로 전달이 되는
어떤 곳

만져보지 않고
영혼에 의해 소유가
포착되는
어떤 곳

행동하는 이가
사람이 아니고 행동이
저절로 이루어지는 어떤 곳

모두가
도(道),
길로 이끌어진다

책들에게로 가는 중인 너만은
네 걸음을 스스로 이끌어야 한다
떠나야 한다, 너를
가볍게 만들어야 한다

마침내 너도
읽음에 허기진 이 미로에서는 묻게 된다,
사방에서 세계는 어찌 흐르는지

노명인과의 드라이브

전태홍을 위하여

저녁 그늘 속
논, 잇대인 논, 자그마한
노란 사각형들,* 수고의
터전들

그 뒤로, 붓 획이 그려놓았다,
울창한 초록 산들의 연봉, 한 색조 가라앉았다
다가오는 밤으로, 투명하고
푸르른 멶으로

태양 원구 깊숙이로 나부낀다
다가오는 고즈넉한 비의
검은 갈기

우리는 길 접어든다
그림 속으로

* Geviert. 사방터. 사방터는 철학자 하이데거에게서 세계의 함의를
담은 개념이다.

오죽(烏竹)

사람 정수리쯤
와 닿는 대나무

인간의 수명을
서서 버텨내고는

희끗해진다

일시에 죽는다
백발처럼 하얗게

절 너머

죽음만이 구제할
모욕들이 있다

하나 어떤 이가 그 영혼을 친다면
영혼은 울려 퍼지리, 길게, 길게
소리 없이

영혼을 두드려 만든 이,
영혼에 두드려 넣었다
자긍을

옛 문체로 쓴 한국의 귀한 옛날 일*

충성을 맹세했던 임금께 충성 지키며 떠났네,
현인이 모반자를. 살인자의 눈길을 피했네
거꾸로 말 타고 다리 건너네, 칼 앞으로 노래 속으로

* 이 시의 독일어 원문은 시조의 율이 맞추어져 있고 각운도
  더해져 있다. 이 시는 독일 파사우와 한국 여주에 석비로 새겨져 있는데
  시인이 다음과 같은 헌사를 추가하였다.
                      육백 년 전 정몽주의
                      바른 걸음을 기리며
                      나의 한국 친구들에게
                      ― 라이너 쿤체

하지만 노래 속에서는

오솔길을 더듬어 가고 있는
노래를 더듬어 가고 있는
전영애와 박세인을 위하여

스스로의 기억에마저 숨겨진
산속 외진 곳, 거기로
예전에
       아들들은 등에다
늙은 어미, 꼬부라진 아비를 지고 갔다

다시는 돌아오지 않는 길을, 한 그릇 밥이
너무도 귀해, 아들들은 이 삶에서부터 내려놓았다
짐을, 내려놓았다
어미아비를 땅에다가
하늘에다가

하지만 어머니의 사랑을 노래하는 노래 속에서
어머니는 꺾는다, 아들이 무성한 수풀을 헤치며
길을 터 가는 동안 지게에 실린 채
진달래꽃을, 그 꽃
떨어뜨린다,
              아들이 집으로 돌아가는 길
잃지 않도록

하지만 아들의 사랑을 노래하는 노래 속에서
아들은 어머니를 숨긴다
형제들의 죄의식 어린 시선을 피해, 몰래 채운다
어머니의 물그릇과 밥그릇을

천 년 전을 이 노래 돌아보네
천 년 후를 이 노래 내다보네

IV

단 한 번 인간은 거닌다,
쏜살같은 지구 위를.
그러고 다시는 보지 못한다.
그런데 그가 그 가없은,
참으로 자주 유린당하는 땅에다
아무것도 남기지 않는단 말인가,
먼지 이외에는?
— 장 파울

알베르 카뮈의 죽음

끔찍하게 일찍, 그러나
충분히 일찍

마지막에 삶으로부터 제대로
얻은 사람, 죽는다
외롭게

양귀비달

크리스티네 라반트*를 위한 헌정

무엇 하러 아직 복음이? …
당신은 해에게 나를 떠나라 명령해놓고는
고대하고 희망하고 남몰래 구애한다,
해가 떠나 잃은 따뜻함을 내가 당신으로 대체하도록.
보아라, 땅이 얼마나 서늘한 달빛 속에서 잠들어 있는지!
나도 그렇게 잠들리.
— Chr. L.

온갖 것이 그녀에게는 달이었다!

흔들리는 요람이었다, 그녀 그 안에서
머리 위로 침대 하늘을 얹고
한 번도 누워보지 못했던

꿈속에선 오히려 단단한 작은 달들이
그녀를 짓눌렀다
자매들의 무릎에다
(침대는 셋이서 나누어 썼다)

혹은 그녀, 달의 얼굴에서 발견했다
자기 얼굴에서와 같은 부스럼 딱지들을
그녀에게는 별들이
그런 달을 피하는 듯 보였다

달, 물레
그 물렛가락에 그녀 찔리고 또 찔렸다
잠들지 못한 채

달은 그녀에게 사형집행인의 바퀴였다
밤이 그 위에다
그녀를 묶어 돌리는

뿔고동, 모든 노래로부터
버림받은

그리고 자신의 시체를 위한 흰 꽃
죽음 속에서나마
아기 예수에게 손 닿아보기 위해

창문 뒤로
십자가에 박힌 채 스쳐 지나가는 건
이교도 노인이었다
분명히

하지만 그녀에게 달보다도
중요했던 건 양귀비, 루시퍼**가
추락의 충격 가운데 씨 뿌렸다는 꽃,
이제는 그들의 신에게서 버려진 기슭에서
온화하게 피어나는 꽃

아침이면 그녀의 눈은
그 꽃으로 붉었다

그녀, 트라클의
누이

* Christine Lavant(1915~1973). 오스트리아 시인. 극심한 가난과
　병고 속에서도 서정적이면서 강렬한 이미지로 독특한 시 세계를
　일구었으며 게오르크 트라클 상을 수상한 바 있다.
** 큰 천사였으나 반란을 일으킨 벌로 추락하여 악마가 되었다.

헤르만 렌츠

그래, 외톨이지.
머지않아 아무도 그에 대해 더 이야기하지 않겠지.
안됐군, 그가 무얼 할 수 있다는 것이.
— H. L.

외톨이, 그에 대해서는
외톨이들이 이야기하지

바이에른 숲에서는
명장 재단사 마들이 이야기하고,
파리에서는
시인 한트케가 하지

그런 사람들 이야기 같은 건
하지 않는 사람들 이야기야말로
아무도 더는 하지 않지

동물 조각가 하인츠 토이어야르의
마지막 스케치, 그 위에 이름을 쓰다가
손이 굳은

세 마리 하마,
쉬고 있다

세 개의 납작 봉우리 산

얼굴들에서는
평안함, 거의
명랑함

하인츠 토이어야르의 묘비명

사기꾼들의 시대를 위해
창조되지는 않았다,
그 스스로 창조했다, 그 세계를 위해
창조되지 않았던 것을

해골 언덕들이 가르치는 것

> …우리를 기다리고 있는
> 큰 잠을 의식하며.
> ― 라이너 말코프스키

하나의
잠이었으면

산 사람들보다도
모른다
죽은 사람들은

사후 생에 관하여

···유언
복사 한 부를
안전한 곳에.
— 라이너 말코프스키

가장 안전하지 못한 것만이
안전하다

우리들 마음속 외에는
그 어디에도 있을 곳이 없는 그것

도약

U. Z.를 위하여

처음으로 그가

그 자신의 것이던 불안을 벗었다고 한다

평온해졌다고 한다

병원의 열린 창턱

11층에서

아래로

울리히 츠비너의 장례식, 예나

마지막 2미터

숙련된 손놀림으로 남자들이
밧줄을 다룬다

부조리의 승리,
끌어내리고 있다

그런 이들을 맨 먼저, 사랑으로 인해
구르는 바위 앞에다 몸 던졌던 그런 이들을

사망증명서에 끼워 넣는 종이

알렉산더 파버카스텔 백작이
도나우아우 지역의 지방 법정에서
쓰러졌다. 심장마비로 숨졌다.
— 언론 보도

그가 쓰러졌다
앞으로

폭풍에 뿌리 뽑힌, 나무 한 그루
그를 받아주었다

그의 풀밭의 나무 한 그루, 그걸 두고
사람들이 시비를 걸어
그를 법정에 세웠던 풀밭

사람들이
물총새들에게 시비를 걸었던 풀밭
그 푸른 샘물들이
그의 진정한 문장(紋章)이었는데

풀밭 파괴자들,
그의 심장에
메스를 꽂은 자들

알렉산더 폰 파버카스텔 백작의 새 무덤, 겨울이 오기 전에

가문비 나뭇가지들, 넘쳐나고 있다

그의 숲들이
파헤쳐진 땅을 덮어주려는 듯
보살피며 분노하며

* * *

우리는 죽은 이들의
짧은 영생

우리는, 그들이
들어가는 천국

우리는 지옥

우리는
무(無)

V

1933년부터 예기치 못한 체험을 피할 수 없게 되었다.
인간의 무시무시함이 어디까지일 수 있는지…
그것이 현실이 되었다. 인간에 대한 앎 자체를
바꾸어놓을 정도로.
— 카를 야스퍼스

인류에 대한 소식

측량할 수 없는 고통 하나가
지시했다
       측량할 수 없는 고통 하나에게
폿대의 보다 깊은 곳으로 가라고
그러며 말했다
         나의 슬픔에는
비견할 슬픔이 없다고

거기서
보다 깊은 곳으로 가라는 지시를 받은
측량할 수 없는 고통은
자기 슬픔은 접어두고
들어갔다,
죽은 사람들의 고독 안으로

석비(石碑)

내가
본
것
은
아무도
보지
못했으리
아무도
그걸
듣지
못했으리
그러나
만약
누가
그걸
보았다
면
이것
이
낫다
빨리

죽는
것이

바를람 샬라모프,* 콜리마

---

* Varlam Shalamov(1907~1982). 수용소의 보고문을 썼다. "나는 이반
데니소비치의 가장 행복한 하루나 묘사했다." 17년간의 콜리마 금광
수용소를 살아남았다.

나와 마주하는 시간

die stunde mit dir selbst

I

그리고 이 제비, 종소리에 앞서 날아오며
종소리에 따라잡히지 않는구나!
— 페데리고 토치

흩어진 달력 종이

한여름

오늘은 연중 낮이 제일 긴 날
종도 안 쳤는데 빛은 와
잠자는 사람의 눈꺼풀을 들어 올렸다

그 눈에 들어오는 것, 그를 행복하게 해주기를,
이날이 그 영혼 속에 뿌리내리도록
이날을 어두운 시간들을 위해 품고 있도록

8월 은유

지평선에는
또 하루 이글거리는 날의 표지
붉은 태양 원반을 이마에 찍은
흰빛 아침은—
한 마리 단학(丹鶴) 비단 잉어
천상의 연못들에서 왔구나

구름 없는 흰 하늘

하늘조차 탈색되는 듯하다
태양의 무자비에

강물, 열풍(熱風)의 테에 옥죄여
이빨을 드러내고 있다

가시도 없는 '흰가시나무'* 울타리를 그러쥐고
도롱뇽들이 매달려 있다, 그 가느다란 몸으로나마
나무에 그늘을 베풀려는 듯

---

* Weißdorn. 산사나무. 그늘 될 것이라고는 가시조차 없는, 잎이 다 마른
타는 여름날의 나무의 모습이어서 나무 이름을 직역했다.

뒤처진 새*

철새 떼가, 남쪽에서
　　　　　　날아오며
도나우강을 건널 때면, 나는 기다린다
뒤처진 새를

그게 어떤 건지, 내가 안다
남들과 발맞출 수 없다는 것

어릴 적부터 내가 안다

뒤처진 새가 머리 위로 날아 떠나면
나는 그에게 내 힘을 보낸다

* 이 시는 『나와 마주하는 시간』의 원서나 전집의 원서에는 들어 있지
않다. 『나와 마주하는 시간』의 한국어본을 위해 시인이 특별히 추가해준
시이기 때문이다.

흑서

보아하니 그 자만이 과하다는 듯, 태양이 그을린다
수국꽃 하늘의 촘촘한 별들을*

말라버렸다, 빈 버드나무 기슭을 따라
늘어섰던 말회향풀**의 흰 거품,
찍힌 말굽의 자국들은 오래전에 굳었다

부질없는 희망을 품고, 처마 밑
빗물받이 물탱크의 초록빛

* 수국은 수많은 작은 흰색, 분홍색, 푸른색 꽃들이 둥그렇게 모여
  화사하게 피는 산형화서(散形花序)의 꽃.
** Pferdekümmel. 작은 흰꽃이 모여 다발다발로 피는 들꽃.
  우리말 이름은 '궁궁이' 혹은 '천궁'. 독일어로도 이름이 다양한데
  말발굽의 이미지와 연결된 시구에서 나오므로 직역했다.

종말의 징후*

7월인데
나무들이 잎을 떨구었다
수북한 초록 잎들을 철벅철벅 헤치며
우리는 여름을 밟았다

11월에
까치밥나무**가 연초록 순을 틔웠다
서리 속으로

* Menatekel. 닥쳐오는 몰락의 비밀스러운 경고. 바빌론 왕 벨사차르의
   일화에서 비롯한다(「다니엘」 5:25).
** Eberesche. 우리나라의 산사나무와 비슷한 나무. 다발을 이룬
   빨간 열매가 겨우내 달려 있어 매우 눈길을 끄는, 겨울이라는 계절을
   유난히 잘 드러내는 나무이다.

심상찮은 파사우

제방에 갇혀 불안하게 잠자고 있다,
물은

작년의 홍수*가 못다 흘러
물이 아직도 진땀을 흘리고 있다, 집들의 전면
초석(硝石)에다 소금기 무늬를 그리며

하늘은, 기상위성 전송으로
구도시 방 안으로 펑펑 쏟아져 드는데
구름이 과적되어 있다

남자들은 문틀 높이로
난간 달아 발판을 설치하고 있다

---

* 독일 파사우(Passau)시는 세 강물이 만나는 곳으로 홍수도 잦다.
  몇 년 전의 대홍수는 특히 피해가 컸다. 아직도 집들에 남아 있는
  침수의 흔적과 뉴스에 촉각을 세우며 위급 시에는 탈출하려고
  창문 높이로 비상 탈출로를 만드는 사람들이 시에 그려진다.

세기의 강설(降雪)

아직은 지상에서 우리가
삽질로 우리를 위한 하늘을 트고는 있지만

잘 모르겠다, 이 하늘을 어디다 뒤야 할지
그럼에도 삽 들고 쌓인 눈 치우러 올라간다
지붕으로, 하늘을 향해

위에서 내려다보는 눈길은 넘겨본다
다시 부활하지 않을 것쯤은

영원한 삶이 있다는 강변

영생이 있다는,
부활이 있다는 강변들 — 얼마나 끔찍한 생각인가
— 조지 스타이너

'샘물골'의 순례 성당 안에서
성(聖) 네포무크*가 받들고 있는
십자가형 당하신 분이 새겨진 십자가,
마치 연주에 몰입해서
두 손으로 받쳐 든
기타 같구나

이 조각을 깎은 이, 아마
즐거웠으리, 확신이 그 손을 이끌었을 테니
죽은 자들 가운데서 깨워지리라는 확신

---

* Nepomuk. 체코의 수호성인. 왕비에 대한 고해성사의 내용을 밝히라는
벤체슬라우스 4세 왕의 명령을 거부해서 블타바강에 던져졌다.

로텐부르크의 파이프오르간

양 날개를 비스듬히 앞으로 펼치고
오르간이 자리 잡았네
둥지 위에

날개바람 속에 흩날리는
음음(音音)을 맞는
흩날리는 색색(色色)

금(金)을 입는다
풀 줄기와 찬미가

II

나 오네, 어디에선지는 몰라
나 있는데 누군지는 몰라
나 사네, 얼마나 오래인지는 몰라
나 죽는데 언젠지는 몰라
나 가네, 어디로인지는 몰라
이상도 하지, 나 이리 즐거운 것.
— 중세의 방랑 도제

나 삶에 지친 건 아니지만 이젠 족하네,
내가 끊은 표 값으로는 충분히 보았네.
— 라인홀트 슈나이더

헬싱키,
여명에 사라지며

돛대 높은 배로부터 출항하고 있다,
도시가, 부두가
출렁이기 시작한다

부두 산책길은 갑판
그 위에서 갈매기 떼 구름에 에워싸였네
죽은 핀란드 시인들

항구가 내다보이는 포르투*에서의 장례

닳아 해진 밧줄, 위태롭게
감겨 있고, 남자 넷이
내렸다 한 뼘 한 뼘씩 관을

삼 동아줄을 팽팽히 쳐놓고
기동연습하듯 끌었다, 예인선 넷이
너무나도 큰 유조선 한 척을 부두로

뒷마당들에선 높이
도시가 들어 보이고 있었다
빨랫줄에 매단 깃발들을

* 포르투갈의 해안도시인 포르투는 '항구'라는 뜻이다. 포르투갈의
  옛 해양 전진기지였다.

우크라이나의 밤

카르파티아산맥의 등이
너를 부른다
업어주겠다며
— 로제 아우슬랜더*

토막토막 난,
　　　배신당한,
　　　　　　배반당한,
　　　　　　　　　　땅이
나를 들어 올려 카르파티아산맥 등에 태웠다
하여 백일몽 속에서 들렸다
　　　　　　　　　　시인이 어머니에게 묻는 소리
무엇이 되시고 싶냐고. 또 어머니가 대답하는 소리
나이팅게일

그러자 내가 품고 다녔던 숲 속
모든 나이팅게일이 일제히 지저귀기 시작했고
쏟아지는 총격 소리가 들렸고
이름의 메아리가 울렸다
마이단, 마이단**

그리고 그 이름의 울림 속에
울리기 시작했다, 시인의
이름이, 그 말을 우리가 품고 다니는 시인
죽음은 독일에서 온 명인***

하지만 여기서 사람들은 안다, 죽음은 독일에서만
오지 않았다는 것, 죽음은 왔다
두 얼굴로
그리고 땅은 거대했다, 그곳은
죽음에 꽃 꽂아주고 영광의 화환을 엮어주는 곳

* Rose Ausländer(1901~1988). 파울 첼란과 마찬가지로 체르노비츠
   출신이며 독일어와 영어로 시를 쓴 유대인 시인. 어머니는 수용소에서
   죽었다.
** Maidan. 우크라이나의 수도 키이우의 광장 이름. 2013년 11월
   이 광장에서 친소련 분파주의자들에 맞서 우크라이나의 유럽 연대와
   민주주의를 외친 시위가 장기적으로 열려 대통령이 물러나야 했으며,
   그때부터 마이단은 시위 자체의 이름이 되기도 했다.
*** Der Tod ist Meister aus Deutschland. '아우슈비츠'가 담겨 있는
   파울 첼란의 시 「죽음의 푸가」의 핵심 구절.

젊은 젤마 메어바움-아이징어
시인을 위한 묘비명

생: 1924년 8월 15일 체르노비츠*

몰: 1942년 12월 16일 노동수용소 미하일로브카

죽음에게 맡겨졌던 소임,

그녀를 삶에서 데리고 나오는 것,

하지만

그녀를 데리고 나오지 못했다

시(詩)에서는

---

* Cernowitz. 현재 루마니아와 우크라이나 국경 지역인 부코비나(Bukowina)
지방의 주도(州都). 부코비나는 오랫동안 동구 유대인들이 살아온
유서 깊은 곳으로, 옛 합스부르크가의 왕령이어서 독일어가 사용되었으며
파울 첼란, 로제 아우슬랜더, 젤마 메어바움-아이징어 등 많은
뛰어난 독일어권 시인들의 고향이다. 그런데 제1차 세계대전 이후 혹독한
근세사에 휘말려 현재는 북쪽은 우크라이나이고 남쪽은 루마니아이다.
체르노비츠시(市)는 우크라이나 소속이다.

파울 첼란 기념비

(예전의 체르노비츠 바실코 길)

펼쳐놓인 책 ─

비상(飛翔) 중인 날개 한 쌍,

그가 삶을 더는 감당하지 못했을 때

센강* 수면에 일었던 물결 하나

비상 중인 펼쳐놓인 책

가시 너머, 오, 그 너머에**

돌은 아직 꽃 피려 하지 않는다,

물결이, 분노의 주름을 펴고 있다

  * 파울 첼란 시인은 1970년 센강에 투신하였다.
 ** 파울 첼란의 시 「그 누구도 아닌 이의 장미」의 한 구절.
    신을 '그 누구도 아닌 이'로 부르면서도 어렴사리 다시 더듬더듬 신을
    찾는─그 모든 것("가시") 너머에서 다시 위엄의 말을 찾는─모색이
    두드러진 같은 제목의 시집에 수록된 대표 시이다.
    가시 같은 역사의 너머에도 아직 있을, 아우슈비츠 이후에도 유효한
    어떤 권위의 말을 찾았고("가시 너머, 오, 그 너머에 / 자색(紫色)
    말…") 그런 문맥에서 같은 시집에서는 "돌이 꽃 피려 한다"라는
    구절도 나온다.

체르니우치*

초록색 크리놀린 스커트**를 입은
충충 도시
— 로제 아우슬랜더

그저 멀리서, 유대인 묘지에서부터 보면
도시는 아직도 닮아 있다
그 도시의 시인들의 기억과

인간의 오만,*** 그 보병의 떼거리가
저 도시 안에서 살인을 저질렀고
기억에마저 균열을 냈다

묘실은 저 혼자 곰팡이 슬고
묘석들은 기울어 서 있다
그 스러짐이 돌 되었다

---

  * Černivci. 체르노비츠의 현지 발음. 독일어 발음의 관행을 벗어나 일부러
    지금의 현지 발음을 썼다.
 ** Reifrock. 18세기에 유행한, 충충으로 둥그렇게 부풀린 치마.
*** Hybris. 신들의 징벌이 따르는, 한계를 넘는 인간의 오만.

번역자의 특권

페트로 뤼클로*를 위하여

시(詩) — 하나의 두뇌충격완충물,
충격들을 흡수해준다,
시간의 또 체르노비츠 구도시의
울퉁불퉁한 포석 위에서

여러 언어의 시가 제집같이 편안한 사람
절망의 바닥에서도 찾아낸다, 한마디
미소 짓는 말

* Petro Rychlo. 우크라이나 시인이자 교수. 라이너 쿤체의 시를
많이 번역했다.

혁명시

국기(國旗) 빛깔로 색칠된 피아노가
놓여 있었다, 두 전선(戰線) 사이에…
— K. B., 키이우, 2013년에서 2014년에 걸친 겨울

한 밀밭 위에는 푸른 한 하늘— 그렇게 놓여 있었다
영하 20도의 길가에
그 피아노

어떤 사람들은 연주했다
애국가와 쇼팽을,
다른 사람들은 조준했다
애국가와 쇼팽을

도둑 노래

크림반도가 점령당하고부터…
벌어지는 건 사실
왜곡만이 아니다 사실 자체의
의문시 … 뻔뻔한 거짓말이
거침없었다, 공식 기자회견에서.
— 카를 슐뢰겔

너를 유혹하지만
네 것은 아닌 땅에게 보여주라,
배려 가득한 네 사랑을
그 땅에게 도둑들의 하룻밤을 선물하라,
인정사정없이 훔치는 자들의 하룻밤을
그리고 환호로써 공표하라,
도로 가져가는 게 네 의무였으니
그걸 절도품으로 봐선 안 된다고

III

문학은 만인의 분주함 한가운데서 간격도 없는 외로움.
이 말은, 자신을 털어놓을 가능성을 가진 외로움이라는 것.
— 르네 샤르

시인 측정계로
우리에게 있는 건 다만
꽃 피는 나무.
— 이오안 밀레아

나와 마주하는 시간

검은 날개 달고 날아갔다, 빨간 까치밥 열매들
잎들에게 남은 날들은 헤아려져 있다

인류는 이메일을 쓰고

나는 말을 찾고 있다, 더는 모르겠는 말,
없다는 것만 알 뿐

사물들이 말이 되던 때

내 유년의 곡식 밭에서
밀은 여전히 밀이고, 호밀은 여전히 호밀이던 때,

추수를 끝낸 빈 밭에서
나는 주웠다 어머니와 함께 이삭을

그리고 낱말들을

낱말들은 까끄라기*가
짧기도 하고 길기도 했다

* Grannen. 벼, 보리 등의 낱알 겉껍질에 붙은 수염.

인간에게 부치는 작은 아가(雅歌)

시(詩)란 지어낼 수 없는 것,
시는 우리가 없어도 있다
— 얀 스카첼

겸손하구나,
그리 말하는 시인은

한데 우리가 없어도
지구가 있고 우주도 있지만
시는 없다

시인에게 요구하지 말라

시인에게 요구하지 말라
오직 시만이 해낼 수 있는 것을

시인에게는 요구하라
시를

시란 비할 데 없는 것,
시인은 시에 물조차 떠다 바치지 못하니

너는 누구길래, 시인아

너는 누구길래, 시인아, 망상하는가
네 목소리에 공명해주려
세계가 지어졌다고?

네 목구멍 속 현(絃)은 두 줄,
바이올린보다 적은걸

세상에게
세상에다 네가 더하였는가?
한데 무얼 세상에다?

답은 그것, 언젠가 네 목소리의
여운에다 판결을 내려주는 것

로버트 그레이가 쓴다, 시 「어스름」을

그의 붓 아래서는
시가 변신한다
한 마리 캥거루로, 키 큰 풀 속에 서서,
젊어져, 꽃봉오리 딱 하나인 식물이 되어
두 앞발을 내밀고 있다,
묶어달라는 듯

그런데 그 위대한 교수, 무엇이 시이고 무엇이 시 아닌지
온 세계에다 규정해주는 이가
알아보지 못한다
묶어달라 내밀고 있는 앞발을
오스트레일리아가 벌써 어스름에 잠겨서였다

IV

어떤 이데올로기와도 어떤 권력과도
자신을 동일시하지 않을 준비가 된 사람들만을
손꼽아 헤아려야 할 것.
— 한나 아렌트

세상 모든 화(禍)의 가장 깊은 뿌리는,
단 하나의 진리에 대한 믿음
그리고 그 소유자라는 믿음이다.
— 막스 보른

인간이라는 존재

십자가에 달리고, 참수되고, 온 세상의 눈앞에서
산 채로 불태워지고…
— 저녁 뉴스, 기원후 3000년

점점 더 멀리
점점 더 빠르게 지구를 떠나간다
수천억 은하 속 수천조 태양들이

그것들은 우리에게서 달아난다, 마치 알고 있다는 듯이,
누구로부터 달아나고 있는지를

밤에

정적에서 버팀목을 찾아내기*
(졸시)

인간들이 인류를
판돈으로 걸었다

하지만 네가 인간들을 떨칠 수는 없다

무(無)가 온기를 반사하지는 못한다,
하지만 아직 빛은

---

* 이 시의 뒤에서는 쿤체 시인의 시 「의미 하나를 찾아낼 가능성」이
어른거린다. 전문은 다음과 같다. "믿음의 균열을 뚫고 비쳐 나오는 /
무(無) // 하지만 조약돌도 / 가져간다, 손안에 고인 / 온기를".

60년 전 나 자신의 증명사진

자기 자신의
이전의 형태에 대해 갖는 연민
— 한스 카로사

안 돼 또 그럴 순 없어

안 돼 또 그럴 순 없어
그렇게 미혹될 수는

안 돼 또 그럴 순 없어
그렇게 위험에 처해 있을 수는

안 돼 또 그럴 순 없어
하나의 잠재적 위험일 수는

너희 때문에

다시는 세상을 불행 속에 처넣지 않으려면
세상을 행복하게 하겠다는 꿈부터 버려야 한다.
― 칼 포퍼

나는 두렵다
두려움이, 익명의 편지들 대신
그 작성자의 형리(刑吏)가,
권력의 인장들을 구비하고 찾아오면
마땅히 갖게 될 두려움이

가져 마땅한 두려움이
나 때문에 두려운 게 아니다
설령 그것이 무덤을,
땅바닥과 똑같이 납작하게 만들더라도

너희 때문에 내가 두렵다, 너희가
형리들이 힘을 갖도록 도와주고
그래놓고는 두려워하게 될까 그게 두렵다

쉬운 먹잇감

사람들은 핸드폰에 단단히 매달려 있다

존재하는 것 또 존재했던 것
죄다 불러낼 수 있다
손가락 끝으로

하지만 사람들은 벌써 모르게 되었다,
무얼 모르게 되었는지도

기차 여행

바람평원지평선을 따라
유리가 된 풀밭을 지나며
우리는 여행한다, 안심하고 불안해져서,
에어컨 완비된 열차 객실 안에서

사람 백 명과 함께, 그래 보인다,
달리고 있다, 핸드폰 아흔아홉 개가
그리고 책 한 권이

승무원이 나눠 주는 일간신문 가운데서
교양 있는 국민의 교양이
완수된다

문 앞의 신들

··· 주피터가 인간의 모습을 하고 그곳에 왔다. 아들 머큐리가
동행했는데 신발창에 날개는 달지 않았다. 둘은 문(門)
천 개를 두드리며 묵을 곳과 잠잘 곳을 청했으나, 천 개의 문은
변함없이 잠겨 있었다. 그런데 한 집 문이 열렸다 ··· 신들이
말했다. "우리는 신이다, 하니 몹쓸 너희 이웃들은 마땅한 벌을
받으리라 ··· 너희는 어서 너희의 집을 떠나 산 높은 곳까지
우리와 동행하거라." 그들이 산꼭대기로부터는 아직 화살 닿을
거리만큼 떨어져 있을 때, 그때 그들은 돌아보았다.
보았다, 모든 것이 늪 속에 가라앉고 오로지 그들의 집만이
아직 서 있는 것을.
— 오비디우스, 『변신 이야기』

인간의 모습을 하고 들여보내달라 간청했다
주피터,

> 그 발정한 수소이며
>
> 배태시키는 백조,
>
> 욕보이는 사티로스이며
>
> 가짜 암피트리온,* 또
>
> 수많은 이오들과 칼리스토들**의
>
> 강간자

들여보내달라 간청했다, 또한

머큐리,

　　온갖 속임수에

　　두루 능란한,

　　아폴론의 암소들을 훔친 도둑이며

　　아르구스***를 죽여, 그 백 개의 부릅뜬 감시자 눈을

　　유노에게 선사하여, 여신이 키우던 공작의 부채

　　　　꼬리에

　　그 눈들을 박아 장식하게 했던 그 또한

죄다, 마음의

빗장을 걸어 잠글 이유일 뿐이었다

　* 수소에서 가짜 암피트리온(Amphitrion)까지 모두 여성을 탐하며
　　변신했던 제우스의 모습. 수소는 에우로페에게 나타났던 모습, 백조는
　　레다를 탐했던 모습, '가짜 암피트리온'은 남편 암피트리온의 부재중에
　　남편의 모습으로 변해서 알크메네에게 나타났던 모습.
　** 이오(Io)와 칼리스토(Callisto)는 제우스를 매혹시켰던 여인들.
*** Argus. 백 개의 눈을 가진 거인.

현존 기한

행성들을 인류로부터 구원하는 힘도
함께 들어 있는데, 인류의
유전자 속에는

불러내놓은 영(靈)들을
이젠 그 어떤 스승 마법사조차 감당할 수 없는,
마법사의 제자*

광신자

무리들은, 집단 학살자의
발등에 입 맞추고

---

* 괴테의 담시 「마법사의 제자」를 소재로 한다. (디즈니 만화영화로도
제작된) 이 담시에서는 수련 중인 제자 마법사가, 스승 출타 중에, 청소와
물 긷기가 하기 싫어서 작은 마법을 써서, 영들을 불러내어 시킨다.
그런데 영들이 그침 없이 수효가 늘어나며 쓸어대고 물을 길어대는데 제자
마법사는 영들을 불러내는 주문만 겨우 알았을 뿐 물러가게 하는 주문은
아직 몰라 천지가 물바다가 된다. 그때 마침 스승 마법사가 돌아오고,
주문 한마디로 모든 것을 정상화시킨다. 시는 '스승 마법사'조차도 이제는
역부족인 세상을 이야기하고 있다.

V

두렵다. 내 눈이 약해진다,
하니 내가 더는 읽지 못할지도 모른다
내 기억력이 상실되리라,
하니 더 이상 쓸 수 없을지도 모른다
내가 바람에 뒤흔들리는
외양간처럼 삐걱거렸다.
하느님, 당신께서 되갚아주소서
개 한 마리가 앞발을 내게 주었던 것을
책 읽지 않고, 시 쓰지 않는
개 한 마리
— 얀 트바르도브스키

친절함이 그래도 마지막까지 우리의 자양(滋養)이라는 것,
그 가운데서 우리가 아이로 머문다.
— 카를 야코프 부르크하르트

늙어

땅이 네 얼굴에다 검버섯들을 찍어주었다,
잊지 말라고
네가 그의 것임을.

불가역적

방금 전만 해도 알았던 것
말이 되는 도중에 너를 떠나버린다.
무대는 이제 네가 설 곳이 아니다
말을 잃고 출구에 서 있다, 상실들.

말을 잃고

낯선 나라들에 있던 작은 고향들
이제는 없다

검정 테를 두른 봉투들*을 비축해두던 서랍이
다 비었다

혀가 침묵으로 무거워진다

* 검정 테를 두른 봉투는 조문용 봉투.

와해

멀어버린 내 귓속, 그 안 세상
아득한 곳에서 작은 교회의 종을 쳐준다
시간을 지킬 줄 모르는 교회

그래서, 나도 도무지 모르겠다
늦었나, 이른가?
작은 교회 종, 제 맘대로 울리니

그래도 나는 알지, 종 줄이 누구 손에 쥐였는지는

비밀 통문*

또 왜 노상 그리 많은 끔찍한
침묵은 있는지,
그 어떤 '왜'에도 대답 한 번 없는?
— 얀 트바르도브스키

침묵이 대답이다
질문은 숙명
생각은 감옥

* Kassiber. 감옥에서 죄수들 사이에서 또는 죄수와 감옥 밖을 은밀히
   오가는 비밀 쪽지.

우리 나이

우리 나이
굽히기가 어려워지는 나이,
하지만 쉬워지지
숙이기는

우리 나이
놀라움이 커지는 나이

우리 나이
믿음에는 잡히지 않으며
태초에 있었던 말씀은 존중하는 나이

드물게만 꿈은 내게로 왔다 친구로

드물게만 꿈은 내게로 왔다
친구로

꿈은 사냥꾼이었다, 나는
들짐승

그런데 낮이면 내가 들여다보았다
몰이꾼들의 눈을 똑바로

밤 보고서

꿈속에서 보았다, 그건
나의 생(生)이었다

내가 그걸 보았다
바깥에서부터. 기다란
드러누운 나무 한 그루

드러난 뿌리들이 그러쥐고 있었다
바닥에서 딸려 나온 흙을

내가 보았다, 그건
나의 생이었다

하늘은 없고

우리를 위한 하이쿠

머리엔 꽃잎
흰머리 위 흰 벚꽃
봄, 보이잖고

이젠 그가 멀리는 있지 않을 것

이젠 그가 멀리는 있지 않을 것,
죽음이

깨어 나는 누워 있다
저녁노을과 아침노을 사이에서
어둠에 익숙해지려고

아직은 동터온다
새날이

하지만 나는 말한다, 더는
말할 수 없어지기 전에
잘들 있어!

고목나무들 앞에서는 절하고
모든 아름다운 것에는 나 대신 인사해주길

잠이 잠자러 드러눕는 곳

Wohin der Schlaf sich
schlafen legt

어떤 건 좀 큰 사람들을 위해서,
어떤 건 좀 작은 사람들을 위해서

침대차 자장가

침대가 선로 위를 씽씽 달립니다.
우린 드러누워서 여행을 하지요.

    자면서 커브를 돌아요…
    커커브 커커브
    어어 어어 어어브
    브 브 브
    ㅂㅂㅂ

선로지기 아저씨, 차단기를 내려줍니다.
고맙습니다, 고맙습니다, 고맙습니다!

    자면서 터널을 지나요…
    터터널 터터널
    어어 어어 어어널
    널 널 널
    ㄴㄴㄴ

쇠바퀴 위에 실린 침대!
스프링 위에 실린 침대!

할머니가 아시면…
아시아시 아시아시
시시 시시 시시시면
면 면 면
ㅁ ㅁ ㅁ

즐거운 아침

매일매일은 그 얼굴이 있어요

풀밭 나무 아래를 보세요
그림자와 빛
          주근깨 얼룩이 잔뜩

오늘—
오늘은 손주들이 와요!

풀밭의 수탉

수탉 벼슬은
빗질이 안 되는 빗.

수탉이 고개를 박고 이리 가고 저리 가네—수탉은 멋쟁이
벼슬로 풀밭에다 가르마를 내주고 있네.

풀밭은, 수탉이 머리 빗겨줄 때에는, 꼼짝 않고 가만히
　　있다가
그다음에는 풀을 자기 마음대로 하지요.

숲속의 발견

어치는 염탐꾼.
너를 엿보고
나를 엿보고
그러곤 외치지. 여기닷!
그러면 어느 동물이든
우리가 오는 걸 알게 되지
그들은 어치를
보초로 세운 거야.

그 목소리는 꺽꺽하지.
그 깃털은 푸르고—
봐봐!

여치는 염탐꾼
날아 지나가며
알을 훔치지
그러고는 외치지. 저기닷!
그러면서 벌써 저만큼 가 있어.
살짝 도망친 거야
세워놓은 보초가
도둑이었던 게야.

어치는 똘똘해
그 깃털은 푸르고—
봐봐!

7월

벌써 어두워졌는데
아직도 덥네.
들어봐—산기슭에서 우지끈 소리가 나잖아!
겁나니?
그건 금잔화야.
도둑놈과 순경 놀이를 하고 있는 거야.

큰비가 닥치기 전에

바람이 손을 데었어,
뜨거운 양철 지붕에.
들어봐, 바람이 엉엉 울며
집 주위를 막 뛰어 돌잖아!

바람이 지붕을 흔들다가
손을 덴 거야
바람이 펄펄 뛰는 소리 들리지?!
물집 생긴 손바닥을 호호 불고 있는 거야.

밭둑 따라 걸으며 부르는 노래

길지킴이꽃은
밭둑에, 밭둑에만 있고 싶어 하지요.
　　안녕하세요, 외치지요, 멋진
　　하늘 푸른 아침이어요!

농부 아저씨, 농부 아저씨
밭둑을 갈지 마세요
밭으로는 살금살금 들어가세요
밭둑은 아저씨 혼자 것이 아니랍니다!

밭둑엔 멧새가 둥지를
단단히 틀었답니다.
　　얼마나, 얼마나, 얼마나 아저씰 좋아한다고요!
　　얼마나, 얼마나 좋아한다고요!

농부 아저씨, 농부 아저씨
생나무 울타리는 그냥 두어주세요
밭둑에서 써레는 거둬주세요.
밭둑은 아저씨 혼자 것이 아니랍니다!

길에서 들판까지
밭둑의 쑥국화는 자기 돈을 헤아리고 있답니다.
　　벌새 줄 은돈, 꿀벌 줄 봉급
　　나비 줄 금돈…

농부 아저씨, 농부 아저씨
밭둑에 경운기 몰고 가지 마셔요
살짝 헛간으로 들어가세요
밭둑은 아저씨 혼자 것이 아니랍니다!

밤이면 밭둑에 줄지어
반딧불이 나와요.
　　꿈의 밭둑아, 둘러다오
　　우리 꿈의 자락을!

방학 사진

두 팔은—양손잡이
할머니는 단지입니다

달콤한 꿀이 가득 든 단지입니다

손잡이 하나에
손주 하나씩
들러붙어 있네요

요술 풀기

악마가 또
떠드는 애들을 시끄럼풀로 만들어놓았어요!
할아버지, 할아버지 ─
이젠 행동을 개시할 때예요!

한 가지 방법밖에 없어요
낫을 날카롭게 갈아
시끄럼풀을 베어서
왼쪽 어깨 너머로 던지는 거예요!

잠이 잠자러 드러눕는 곳

할아버지 잠 깨실 때
잠이 잠자러 드러눕는 곳은?

아침에는 엄마소 두 뿔 사이죠
엄마소가 되새김질하며
흔들어 잠재워주면
잠의 두 눈이 스르르 감긴답니다.
    밤새 꿈을 나르느라
    바빴거든요.
    작은 장미나무에서는
    작은 장미꿈 하나 가져오고요
    과일나무에서는
    과일꿈을 가져왔지요.

그럼 오후에는?

오후에는, 할아버지가 낮잠 깨시면
잠이 잠자러 드러눕지요,
라일락 나무 밑 닭들 곁에.
나직이 목구멍에서 가르랑거리며
나직이 흙구덩이를 사각사각 파지요.
그러다 점점 피곤해지지요.

할아버지의 낮잠이
어서어서 서둘라고 몰아냈었지요
작은 살구나무에서는
작은 살구꿈 하나
길 잃음 나무에서는
어지러운 꿈 하나!

그런데 여러분 꿈은? 여러분이 잠 깨면
잠은 어디에 잠자러 드러눕지요?

밤새도록 꿈들을
작은 장미나무 작은 살구나무에서
작은 장미꿈 하나 작은 살구꿈 하나
여러분한테 갖다주었는데.

외로워진 뜰

너무나도 자주 작은 소년은
연못가 둑에 쪼그리고 앉았습니다.

어쩌면 생각한 것이겠지요, 수면 가까이 가만히 떠 있는
커다란 검은 물고기들이
자기를 기다리고 있다고요.

어쩌면 물고기들이 자기를 보고
지느러미를 흔드는 것도 보았겠지요.

아니면 깊은 물속에서
자기와 닮은
한 소년을 발견하여

갑자기 그를 향하여 두 팔을 활짝 벌렸습니다.

그 불운한 순간, 부모님은
벌써 집 안으로 들어가셨고 정원 문은
열려 있었습니다!

이제 놀이터 모래에
민들레 이파리 두 개가 자라고 있습니다 — 한 쌍의
　　날개처럼
그 날개, 임자가 없네요.

어스름 속에서

증조할머니의 커다란 뜨개바늘이 반짝반짝할 때
할머니는, 무얼 뜨든, 손가락 끝으로만 보십니다.

그다음에 증조할머니에게 모여들어 오그리고 앉는
　　사람들은 모두
손가락 끝이 보았던 걸 보게 된답니다. 양말이네요.

오래된 집

그 집은 몸을 굽힐 수가 없습니다
등에 뭘 지고 있거든요,
산을요.

산은 흙으로 가득 차
집을 무겁게 한답니다.

하지만 집이 아무리 탄식해도 소용없어요
산속에 든
그 흙을 지고 있어야 해요.

죽은 사람

그가 그의 두 눈을 떠났습니다,
그의 입을 떠나고
그의 두 손을 떠났습니다.

어디로 간 걸까요?
그곳은 아무도 모릅니다
그곳에서는 아무도 돌아오지 않습니다.

두 눈과 입과 두 손을
여기다 남겨두고 가면
우리도 우리가 어디로 가고 있는지 모릅니다.

우리를 사랑했던 사람들 그이들은
장미빛 데이지 꽃과
물망초 밑에 묻힙니다.

11월의 거위 네 마리

어제는, 꼭
'거위꽃'*이 필 것 같았습니다
수양버들 밑에서요.
(그 거위 네 마리가
솜털을 뽑았거든요.)

밤새 거위들은
온 풀밭에
깃털을 뿌려놓았습니다
(거위 네 마리가 그랬나요?
아뇨, 눈이 내렸습니다.)

* Gänseblümchen. 이른 봄에 들판에 많이 피는 작고 흰 꽃.

겨울나무 잎

앙상한 겨울나무에 까마귀 이파리가 가득 달렸습니다.
떼 지어 날아올랐다가
다시 떼 지어 돌아옵니다.

불쌍히 여겨달라 하느님보고
까악까악 우는 이파리죠!

거의 기도

우리를 덮어주는 지붕이 있고요
찬장에는 먹을 빵이 있고
집 안에는 마실 물이 있죠
그럼 견딜 만해요.

우리는 따뜻합니다
침대 하나가 있지요.
오 하느님, 누구든
그쯤은 다 가지게 해주세요!

일요일 아침 박새

박새가 지붕을 콕콕 쪼았어요.

    그래?

박새가 저를 콕콕 깨워주었어요.

    그래서?

그래서 저를 빤히 바라보았지요.

    그런데 지금은?

지금은 제가 여기 있잖아요.

    뭘 하려고?

엄마 이불 속에 들어가도 돼요?

다정한 인사

아이들 인사는
걸어서 오지,
네 마음속으로 둥둥 떠오지,
가벼워
나비야―
찾고 있는 거야, 네 마음속엔 무슨 꽃이 피나.

정거장 참새들

기차 정거장에는 참새나무가 한 그루 있지요,
참새들 때문에 나무는 거의 보이지도 않아요 ─
세상에서 너희가 제일 좋아하는 것.

거기서 참새들은 쩍쩍, 쩍쩍 호루라기처럼 울지요
그렇지만 한 번도 노랫가락을 넣진 않아요 ─
열차 승무원이 되고 싶은 거지요.

세 강물이 만나는 도시 파사우

켐니츠에 있는 카알 루트비히를 위하여

종이 많은 파사우에서
집들은 세 강가에 서 있습니다
집들은 비가 내리면
하늘을 무서워해야 합니다.

   도나우, 일츠 그리고 인 강이
   그 물을 실어 갑니다.

그럴 때면 방문으로 창문으로
물이 집 안으로 들어옵니다
홍수가 몰아냅니다,
사람도 짐승도 바깥으로.

   도나우, 일츠 그리고 인 강이
   그 물을 콸콸 굴려 갑니다.

그러다 파사우에서 홍수가 잦아들면
이 물 저 물에게 감사하며 종들이 울려댑니다
물이야 자기들이 오고 가야 하는 대로
오기도 하고 가기도 하는데요.

도나우, 일츠 그리고 인 강이
갈 길에다 몸을 맡깁니다.
합해져서 넓은 강물이 되어
그들은 흑해로 흘러갑니다—
파사우의 높은 성당이
내려다보고 있습니다, 하늘에서 보듯.

새빨간 거짓말

쾰른에 있는 야나와 펠릭스를 위하여

쾰른 성당은
하늘나라에 들어갈 수 없습니다.
성당이 텅텅 비었고
또 너무 무거워서요.

그래서 하늘나라가
땅으로 오면
쾰른 성당에 머문답니다.
그 때문에 로마 사람들이 화가 났어요.

그래서 쾰른에는 성당이
역 앞에 서 있는 겁니다.
그 역에서 로마행
급행열차가 떠나거든요.

독일 수수께끼

하나는 오더강을 모르고,
다른 하나는 마인강을 모른답니다.
그래서 마인이나 오더를 붙이지 않으면
어느 것이나 다 됩니다.

프랑크푸르트*

작은 사기꾼

사람들이 그를 '큰 숲'으로 데려갑니다,
큰 숲에다는 큰 사기꾼들을 잡아넣지요.
그가 말했습니다, 자기는 작은 사기꾼이라고요.
사람들이 말했습니다, 아무튼 사기꾼이라고.
큰 사기꾼인지 작은 사기꾼인지는
'큰 숲' 시에서 결정한다고.

거기 '큰 숲' 시에서는 말했습니다
이거 어떤 작자야?
이 무슨 꼬마 사기꾼이야?
이자가 우리 '큰 숲' 시에서 무얼 하겠다는 게야?
우리는 큰 사기꾼들만 잡아넣는데
이자는 '큰 숲' 시 사람도 아니야.

그러면서 그 사기꾼을 풀어주었습니다,
사기에 대하여 '큰 숲' 시의
벌을 사면해주었습니다.
거기서는 큰 사기꾼들만 잡아넣습니다.
그는 쪄끄만 악당입니다
그를 벌줄 '작은 숲' 시는 없습니다.

회색 배경의 그림

푸른 말 한 마리 푸른 피아노 한 대
회색 종이 위에 그려져 있습니다
그리고 둘은 생각했어요, 아, 온 사방이
얼마나 우울한가.

생각했어요, 노랑 종이 위에 자기들 모습—
그 푸른 말과 그 푸른 피아노요.
그렇게 해서 우울한 온 사방은
환상을 살려내는 데 쓰였습니다.

박쥐들의 한탄의 노래,
위로의 연을 곁들여

박쥐야, 박쥐야
박쥐개야, 박쥐이야,
박쥐귀신아, 박쥐바람둥아,
고기도 아니고 물고기도 아니고.

고기도 아니고 물고기도 아니고
박쥐귀신아, 박쥐바람둥아,
박쥐개야, 박쥐이야,
박쥐야, 박쥐야

　　　*

눈은 침침, 이마는 납작
진짜로, 추물이로구나!
하지만 누가, 세상 누가 귀마다
레이더를 하나씩 달고 있겠어?!

안개학

어린 안개 까마귀가 명심할 일곱 문장

1

안개 벌판에서는 아무것도 자라지 않는다
모든 것이 안개를 뚫고 떨어지기 때문에.

2

짙은 안개 뭉치를 싣는 건
득 될게 없어, 손해일 뿐.

3

안개 벽들은 그 끝이
절대 토지의 끝이 아니다.

4

안개 둑은 무너져 아무것도 안 남아 —
하지만 안개 까마귀가 붙들고 있어!

5

안개 고양이는 버릇없는 안개 덩이의
찌푸린 얼굴일 뿐!

6

뭣 하러 멀리서 무적[안개 경적]을 울려?
뒤도 안개, 앞도 안개인데!

7

안개 회색 안개 까마귀는
어떤 안개 공작새보다도 아는 게 많아.

버드나무의 판결

프란타*가 버드나무 한 그루를 그린다
가지 대신 피리가 돋는 버드나무
버드나무는 그게 즐겁지 않다
생각이 늘 어둡기에.

버드나무란, 하고 버드나무가 말한다,
버드나무 가지가 있고 버드나무 이파리가 있는 법
그림을 못 그리는 사람만이
버드나무 피리를 시로 찬양하는 게야.

* 동시집 『잠이 잠자러 드러눕는 곳』의 삽화를 그린 화가.

음악을 연주하고 싶었던
상어와 고래에 대하여

어떤 상어가 오르간을 먹다가
그만 오르간이 목에 걸려
그만 오르간이 목에 걸려
오르간 같은 소리가 났다.
고래가 피아노를 쳤더니
피아노는, 네 명이 치는 것 같은 소리가 났다.

상어가 갸르륵거리자
오르간이 터르륵거렸다
오르간이 비틀거렸다
바닥에서 오르간 소리가 났다.
고래는 헤엄쳐 피아노를 떠났다,
피아노를 치기에는 너무 컸다.

바람과 바다

바다는 들판
바람의 들판

하지만 바람은 씨 뿌리지 않고
하지만 바람은 베어 거두지 않는다.
잠자면 누워 있고
잠 깨면 쟁기질한다.

바다는 그의 논밭,
하늘은 그의 집.

거기서 나오고
거기로 들어간다
거기서 그는 외톨이.
거기서 잠이 든다.

거기 꿈속에서 경작한다.
꿈바다를 경작한다.

첫사랑

운전 중인
운전자와는 잡담 금지!
— 사장

운전사 아저씨, 운전사 아저씨
아저씨 버스는 어디로 가나요?

　　내 두 팔이 핸들 트는 곳으로
　　내 두 발이 페달 밟는 대로이지.

운전사 아저씨, 운전사 아저씨
시내 밖으로 몰아주세요!

　　나도 시내 밖으로 몰고 싶단다
　　시내엔 그림자들이 많아서.

운전사 아저씨, 운전사 아저씨
그림자가 아니에요.

　　그렇다면 낯선 얼굴을 한
　　많은 사람들이겠지.

운전사 아저씨, 운전사 아저씨
한 사람뿐인걸요.

　　한 사람뿐이라니, 애야, 저기 딴 남자하고 가는
　　저 고운 여자애 말이냐?

운전사 아저씨, 운전사 아저씨
아저씨 버스는 저를 어디로 데려가나요?

　　버스는 빙빙, 마음 아픈 곳을 돈단다
　　그건 견뎌야 하는 거야.

우주여행자

우주에 푸른 공 하나 둥둥 떠 있다,
그 공이 우리의 세계.
지구는 우주 속의 공,
땅으로 떨어지지 않는다.

검은 우주 속에 우리가 둥둥 떠 있다,
버림받아 외롭게.
하늘은 함께 둥둥 떠 있지 않다,
저 아름다운 푸른빛은.

독일 자장가

풀밭을 깎았다,
귀만 둘 달렸다면
풀밭은 양일 텐데.

여름이 시작되었고
벌써 절반은 거두었다—
건초 향기 속에선 졸음이 온다.

풀과 양털이 자란다
바이에른에서나 작센에서나
풀밭에서 또 잠에서.

라이너 쿤체 연보

1933년 8월 16일 윌스니츠에서 광부의 아들로 출생. 할아버지도 광부였고
　　　　어머니는 양말 공장 노동자. (임신 중 영양부족 후유증으로) 유년 시절은
　　　　병약했으며 심한 피부병에 시달렸다.

1943년 열 살에 첫 시「삶의 음(音)」을 씀. 기아와 가난과 (6세부터 시작된)
　　　　아버지의 부재로 전쟁을 경험. 부모의 뜻에 따라 제화공이 되어야 했다.

1949년 전쟁 말기 소비에트 점령 지역에 세워져 노동자 자녀도 상급 학교
　　　　교육이 가능해졌던 '건설 학급' 상급반에 진학. 열여섯에 사회주의
　　　　통합당 입당. 슈톨베르크에 있는 고등학교 기숙사에 들어감.

1951년 대학입학자격고사.

1951~1955년 라이프치히 대학교에서 언론학과 출판학 공부. 큰 독문학자
　　　　한스 마이어와 에른스트 블로흐에게서 배움. 문학, 음악, 미술사 수업을
　　　　들음.

1953년 대학생으로 쓴 첫 시가 잡지《신독일 문학》에 실림.
　　　　시「우리 거리」,「늪지」,「신시」.

1954년 잉게보르크 바인홀트와 결혼.

1955년 라이프치히 대학교 졸업 시험. 열두 편의 시를 실은 시집『미래가
　　　　책상에 앉아 있다』출간.

1955~1959년 라이프치히 대학교 언론학과의 학술 조교. 문학 출간 형식에
　　　　관한 강의를 맡음.

1959년 "1959년이 내 인생에서 영시점이었다"라고 후에 쓴다. 박사 학위를
　　　　받기 직전 강의를 맡음. 반혁명적 책동으로 견책을 받음. 심장병. 자물쇠
　　　　보조공이 됨.

아들 루트비히 출생. 잉게보르크 쿤체와 이혼.

동베를린 작가동맹 임원단의 직원.

동독 방송에 시를 보냄. (체코에서 방송을 들은) 엘리자베트 리트너로바와의 서신 교환이 시작됨. 첫 시집 『이슬 위의 새들ー연시와 노래들』 출간.

시 「어느 신문받는 여인을 위한 찬가」, 「윤리학」, 「우체통」.

1960년 르포와 문예난에 학술적 글을 실음. ('프라하의 봄'에 대한 강의 중 발언으로) 인생의 고난이 시작됨.

1961~1962년 여러 차례 체코슬로바키아 체류. 체코어와 체코 현대문학을 개인적으로 공부. 체코 문학에서 독역.

1961년 8월 8일 (엘베 강가의 아우시히에서) 부모가 독일계 체코인인 여의사 엘리자베트 리트너로바와 결혼. 엘리자베트의 첫 결혼 소생인 딸 마르첼라 입양.

시 「멜니크에서 비 온 후에」, 「보헤미아를 향한 페르마타」, 「내 언어로」.

1962년 그라이츠에서 자유 문필가로 지냄. 아내는 그라이츠의 청소년 치과 병원 의사. 시와 번역물이 동독 잡지들에 실림.

시 「베토벤을 가져오는 사람들」, 「키 큰 나무숲은 그 나무들을 키운다」, 「지평선들」.

1963년 동독에서의 출판과 창작이 어려워짐. 번역 작업. 쿤체의 시가 체코슬로바키아에서 발표됨. 1968년('프라하의 봄' 끝)까지 프라하, 체코의 카를스바트와 아우시히에서 낭독회.

시집 『헌정(widmungen)』. 시 「아픔새」.

1964년 체코어, 슬라바키아어, 폴란드어, 헝가리어로 된 작품들을 창의적으로 따라 지은 시들이 《의미와 형식》지에 실림.

체코 시 선집이 『문』이라는 제목으로 출간됨.

1965년 비판적인 동독 작가들에 대한 견제가 심해짐. 시인 볼프 비어만이 등장 금지를 당함.

시 「삼각조망」, 「플래카드」, 「안테나」.

1966년 동독에서 출판 가능성이 극도로 제한되고 서독에서는 거의 인지되지
   못함. 그의 시는 부쿠레슈티에서 나오는 독일어 잡지 《새 문학》에
   실리거나 얀 스카첼이 관여하는 체코 잡지에 실림. 동독에서는 대규모로
   시 논쟁이 벌어짐.
       시 「11월」, 「비가」, 「변증법」, 「맥주 배달꾼에 관한 노래」, 「헝가리
   광시곡」, 「민감한 길」.

1967년 여러 해에 걸쳐 체코 시인 얀 스카첼의 시 80편 번역. 『카론을 위한
   노잣돈』으로 출간. 체코슬로바키아 여행.
       시 「자정이 지나서까지 모라비아에 가 있었던 일」, 「브르제시체의
   E.의 집에서」, 「모라비아의 마을」, 「'우편'이라는 주제에 대한 스물한
   개의 변주」.

1968년 8월 말에 (1962년 이후) 두 번째로 동독에서의 단독 시집이 나옴.
   『시 앨범』 시리즈에 스물다섯 편이 실림.
       프라하의 봄이 바르샤바 동맹군대의 진압으로 끝난 날 쿤체는
   당원 수첩을 반납했고 이후 당에서 축출되었다. 그럼으로써 동독에서의
   출판 가능성이 사실상 거의 사라지고 낭독회는 학생회와 교회
   기구에서만 가능했다. 『시 앨범 11』.
       『'우편'이라는 주제에 대한 여섯 개의 변주와 시 세 편』이 서독
   로볼트 출판사에서 나옴.
       시 「역사적 필연」, 「너희에게로 가는 길」, 「프라하로부터 돌아옴」,
   「방의 음도」, 「권력과 정신」.
       6월에 체코 작가동맹의 번역상 수상.

1969년 연초에 서독 로볼트 출판사에서 시집 『민감한 길(sensible wege)』이
   나와서 동독에서 격한 반응을 일으켰다. 저작권 협회가 허가받지
   않은 여덟 편에 대한 저작권 시비를 걸었고, 작가동맹 부회장이 5월
   동베를린에서 열린 제6차 작가회의에서 쿤체 시인에게 견책을 내림.
       60년대 말 처음으로 알베르 카뮈의 『시시포스의 신화』와 장 아메리의
   『죄와 속죄의 저편』을 접함.
       시들이 《악첸테》, 《메르쿠어》, 《노이에 룬트샤우》, 《앙상블》,
   《야레스링》 등등 서독의 다양한 문학잡지 연감들에 실림.
       서독으로 넘어가기(1977년) 전까지 낭독회는 교회, 그리고 동베를린
   체코와 헝가리 문화원에서만 열림.
       블라디미르 홀란의 장시 『햄릿이 있는 밤』이 쿤체의 번역으로 서독
   함부르크에서 출간됨.

『민감한 길—마흔여덟 편의 시와 연작 한 편』이 서독 로볼트
출판사에서 나옴(『민감한 길』은—검열을 피하려—동독 여러 지역
여러 개의 우체통에 한두 편씩 보낸 것을 서독 출판사에서 수합하여
출간하였으며, 출간 후에도 극적으로 저자에게 시집이 전달되었다.
획일적으로 사람들을 키우는 사회주의국가 동독이 (나무를 밀식시켜
유용하게 키만 크게 할 뿐, 개인의 재능과 희로애락이 배제되는)
"키 큰 나무숲"으로 은유되며, 사회 상황이 발군의 시적 은유들로
전달된다. 공산 사회의 획일적 문화 정책에 시인은 시의 "민감한
노선/길"로 맞선다).

1970년 동화책『사자 레오폴드(Löwe Leopold)』가 피셔 출판사에서 나오면서
지금까지도 쿤체 책은 주로 피셔 출판사에서 나온다.
　　체코 시인들의 번역이 나옴.
　　시「질그릇처럼」,「국경 부근에서의 낚시」,「희망 하나도」,「푸른
외투를 입은 그대에게」.

1971년 사회주의통합당의 제8차 전당대회 이후 호네커의 문화 정책의
진보화를 알림. 국제 펜 클럽의 촉구로 쿤체가 높이 평가하던 시인
페터 후헬이 동독을 떠남으로써 가택 연금을 벗어남.
　　동화책『시인과 민들레 벌판(Dichter und Löwenzahnfeld)』이
서베를린에서 출간됨.
　　시「볼프 비어만이 노래한다」,「국경 통과 검색」,「교양 있는 민족」,
「피난처 뒤에 또 피난처」.
　　동화책『사자 레오폴드』가 독일 청소년문학상을 받음.

1972년 『헌정』(1963)과『민감한 길』(1969)에 이어 세 번째 시집이 서독에서
나옴.『방의 음도(zimmerlautstärke)』가 피셔 출판사에서 출간(『방의
음도』는 공산주의 독재 사회에서 숨 막히는 억압적인 분위기, 검열의
위협 속에서 한껏 목소리의 볼륨을 낮춘 시들이 담겨 있다. 사회 상황,
검열로 극도로 위축되어, 압축을 극대한 시편들은 때로는 너무도
잘라낸 것이 많아 사회 상황과 연결시키지 못하면 이해가 불가능할
정도로 웅축되어 있다. 그렇기에 사회주의 독재국가 동독 사회, 그
가운데서 숨죽이며 살아가는 사람들의 상황이 더욱 여실한 시편들이다).
　　시「열일곱 살」.

1973년 당의 새로운 문화 정책으로 동독에 비판적인 문인들도 동독에서
출판될 수 있게 되고 시인들도 (서방)외국으로 나갈 수 있게 됨.

연초에 (서)베를린시의 장학금을 작가의 독립을 이유로 거부함.

4월에 부다페스트에서 열린 국제 문인의 만남에 참석. 10월에 동베를린의 헝가리 문화원에서 낭독회. 스웨덴 묄레에서 열린 제2차 국제 작가회의 참석을 거부함. 11월 동독의 제7차 작가회의 참석도 거부함. 바이에른 예술원의 문학상을 받으러 뮌헨으로 갈 여행 허가가 나옴.

선집 『푸른 소인이 찍힌 편지(brief mit blauaem siegel)』가 라이프치히 레클람 출판사에서 나옴. 1만 5000권씩 찍은 2판 3만 권이 빨리 매진됨.

바이에른 예술원의 문학상 수상.

스웨덴 묄레에서 열린 국제 작가회의의 은월계관상 수상(작가가 참석하지 않은 채 시상됨).

시「여행 뒤의 당부」, 「자동차를 돌보는 이유」, 「의미 하나를 찾아낼 가능성」.

1974년 라이프치히 서적박람회에서 낭독회. 《독일 아카이브, 쾰른》지에 자기 이해를 위한 열한 개의 테제가 실림. 6월 5일 바이에른 예술원의 정회원에 임명되었으나 출국 허가를 못 받음. 임명장은 동베를린 주재 서독 대표부에서 연말에 받음. 7월 14일 동독 문화장관 호프만과 대화. 『사자 레오폴드』의 문고판이 피셔 출판사에서 나옴.

시「일기 쪽지 74」, 「야행」, 「회복기」.

1975년 5월 초 케임브리지시 페스티벌에 참석. 노리치, 브라이턴과 런던 등지에서 낭독회.

급성 부신피질 기능장애.

서베를린 예술원의 특별 회원이 되었으나 임명장은 다시금 동베를린 주재 서독 대표부에서 받음.

시「일기 쪽지 75」.

1976년 연초에 베를린 예술원회의에서 장 아메리를 만남. 여름에는 로테르담에서 열린 시 축제에 참석.

1973년 이래 계획했던 『사자 레오폴드』의 동독판 출간이 철회됨. 이미 인쇄된 1만 5000부가 폐기됨.

동독 작가동맹이 쿤체를 축출함으로써 유레크 베커, 볼프 비어만, 베른트 옌치, 그리고 로베르트 하베만 등이 이에 저항함. 우편 검열이 심해짐.

11월에 볼프 비어만이 서독 콘서트 여행 중 시민권(국적)이 박탈됨.

비어만의 시민권 박탈에 대해 쿤체를 포함하여 수많은 동독 문인, 예술가 들이 저항.

산문집 『참 아름다운 날들(Die wunderbaren Jahre)』이 피셔 출판사에서 나옴.

『참 아름다운 날들』이 출간되고 나서 곧바로 10월 29일 동독 작가동맹에서 제명됨.

시 「베토벤을 가져오는 사람들」이 뒤셀도르프에서 애장본으로 출판됨.

이해에는 시가 한 편도 나오지 않음.

1977년 연초에 게오르크 트라클 상을 받으러 잘츠부르크로 감. 빈에서 낭독회.

4월 7일 동독 시민권 포기 신청. 4월 10일 허가받음. 4월 13일 서독으로 넘어옴.

처음에는 뮌헨 부근 슈토크도르프라는 마을의 불펜이라는 가정에 머물다가 연말에 파사우 부근 에를라우에 거처 마련.

『자료집(Materialien)』(유르겐 P. 발만 엮음)이 피셔 출판사에서 나옴.

다름슈타트에 있는 독일 어문학 학술원 정회원으로 임명됨.

2월에 게오르크 트라클 상 수상, 잘츠부르크, 에른스트 얀들의 축사.

5월에 안드레아스 그리피우스 상 수상, 에스링.

10월에 게오르크 뷔히너 상 수상, 다름슈타트, 하인리히 뵐의 축사.

수상 연설문과 하인리히 뵐의 축사가 피셔 출판사에서 나옴.

이 해에 나온 시는 알려진 바 없음.

1978년 서독과 서베를린 여러 곳에서 낭독여행(1977~1978, 1981~1983).

시인의 서독 이주로 낭독 여행이 연장됨.

5월에 동독의 제8차 작가회의에서 동독 작가동맹 의장 헤르만 칸트가 격렬하게 쿤체를 공격. 서독에 있으면서 처음으로 부모를 방문ー 이때부터는 매해 방문.

서독 사민당 의장단의 초청으로 회의에서 헬무트 슈미트 서독 수상과 빌리 브란트 수상을 만남.

서독에서의 첫 시들이 나옴. 「내가 도착했다」, 「첫 행렬 뒤따르기」, 「얀 발레트: 손님, 수채화, 4.3×6 cm」.

1979년 『참 아름다운 날들』의 촬영 작업. 영화감독과 협업.

파사우 국립도서관에서 《작가의 삶과 작업》 전시회, 12월 7~14일.

영화 〈참 아름다운 날들〉의 대본의 독자용 판본. 호르스트 자우어브루흐의 그림을 곁들인, 어린이를 위한 시구가 피셔 출판사에서 나옴.

바이에른 영화상 '최고 대본상' 수상, 뮌헨.

시 「우리가 사는 곳」, 「안개 속의 도나우 강가에서」, 「목덜미에 과거가」.

1980년 연초에 영화 〈참 아름다운 날들〉이 영화관에서 상영됨. 2월의 비엔날레에서 이 영화는 경쟁 프로그램에서 지워짐. 비스바덴의 영화 배급소에서 영화에 "특별히 가치 있는"이라는 수식어를 부여.

2월 8일 《프랑크푸르트 알게마이네》지에 쿤체의 공개편지가 「두뇌의 홍수」라는 제목으로 실림. 거기서 쿤체는 바이에른 영화상 수상에 대한 공격에 소회를 밝힘.

스칸디나비아, 미국, 캐나다 여행. 헬싱키, 탐페레, 스톡홀름, 괴테보르크, 베르겐, 오슬로, 말뫼, 코펜하겐, 몬트리올, 오타와, 뉴욕, 휴스턴, 오스틴, 애틀랜타, 내슈빌, 보스턴 등에서 낭독회.

이해에는 그 이전 어느 해보다 많은 시가 나옴. 「자정 지나」, 「죽기 시작하기」, 「일기 쪽지 80」, 「모라비아를 향한 작은 보고」, 「M. R. R.을 위한 사과」.

1981년 프랑스 여행. 낭시, 파리, 마르세유에서 낭독회. 서독으로 온 후 첫 시집 『자신의 희망에 걸고(auf eigene hoffnung)』가 피셔 출판사에서 나옴(『자신의 희망에 걸고』는 서독으로 온, 서독에 "도착한" 시인이 쓴 첫 시편들. 떠난 동독에서의 회상이 간간이 섞이기도 하지만 주로 서독에 와서 받은 인상이 적힌다. 같은 독일이라 하지만 적응해야 할 게 너무 많다. 낯설고 어려운 곳이다. 집을 짓고 새로운 삶의 터를 만들어가려는 시인의 눈에 비친 자본주의사회의 여러 면모가 담기고 동독에서는 금지되었던 세계, 유럽과 미국 이곳저곳으로의 여행의 인상도 담긴다. 분단 상황을 몸으로 산 시인이, 생명의 원칙에 반하는 이곳저곳의 비인간적 상황들을 살피며 증언한다. 두드러지게 핍박을 받았던 동독에서만이 아니라 서독에 와서도 겪어야 했던 많은 것에 대한 시적 증언들이다). 산문집 『모차르트의 미사곡에 사로잡힘(Ergriffen von den Messen Mozarts)』이 토니 폰그라츠에서 나옴.

시 「위대한 산보들」, 「검은 수도원이 있는 할슈타트」, 「스카게라크에서의 밤」.

11월에 뮌헨에서 '숄 남매 상'을 수상함. 축사는 베르너 로스 교수.

1982년 8월 독일 작가연맹 탈퇴(8월 18일 자《프랑크푸르트 알게마이네》
    지에 그 이유를 밝힘). 전 동독 작가들인 위르겐 폭스, 프랑크 볼프
    마티에스, 게랄드 쵸르쉬, 게르하르트 츠베른츠, 호르스트 비넥 등에
    대한 연대.
        토니 폰그라츠에서 번역서 두 권이 나옴. 렌카 취틸로바와 라슬로
    나기의 『이따금씩 암뻐꾸기가 내게 쓴다』와 『하늘처럼 푸른 책상』.
        동화책 『온 도시가 다 아는 이야기(Eine stadtbekannte Geschichte)』가
    취리히의 올렌 출판사에서 나옴.
        얀 스카첼의 시집 『상처 입은 클로버(wundklee)』의 번역서가
    피셔에서 나오다.
        시 「집」, 「밤에」, 「평화」, 「망명 중인 시인들」.

1983년 이탈리아, 스위스 아일랜드 여행. 브릭센, 보첸, 밀라노, 피렌체,
    피사, 취리히에서 낭독회.
        시 「죽어가는 나무 아래서」, 「오리엔트 양탄자」, 「천둥번개
    치기 전 '신의 마을'」.

1984년 1월 초 기민당 지역 회의에서 강연. 서독 콜 총리가 이스라엘을
    방문할 때 동행. 예루살렘에서의 낭독회.
        4월 22일 독일연방공화국 공로 십자훈장 1등급을 대통령 카를
    카르스텐스에게서 수여받음. 프랑스, 스페인, 포르투갈 여행.
    메츠, 리유, 리옹, 보르도, 니스, 몽펠리에, 마르세유, 마드리드, 포르투,
    코임브라, 리스본에서 낭독회.
        서독 거주 아버지 방문. 어머니는 중환으로 동행하지 못함.
        1977~1983년 라디오와 텔레비전 대담이 『제집 독일에서(Zuhause in
    Deutschland)』라는 제목으로 토니 폰그라츠에서 나옴.
        시 「이별」, 「부활절」, 「생일 편지」.
        9월에 아이헨도르프 문학상 수상.

1985년 1월 부다페스트에서 열린 유럽안보회의(KSZE) 문화 포럼에서
    서독 대표단의 공식 일원으로 연설함(외무 장관 겐셔의 초대였음).
        시 「시인임」, 「독자」, 「망명지에서의 꿈」, 「부조리한 순간」, 「토론의
    설」.

1986년 3월 말에서 4월 중순 아르헨티나와 브라질 여행. 부에노스아이레스,
    코르도바, 리우데자네이루에서 낭독회.
        4월 26일 하우첸베르크 문화 주간의 개막 연설.

8월 3일 파사우 시립 극장에서 유럽 주간을 계기로 낭독회.

가을에 서독, 서베를린, 오스트리아 각지로 낭독 여행.

『참 아름다운 날들』이라는 제목으로 피셔 출판사 창립 100주년 기념 시 선집이 나옴. 25년간 나온 100편의 시를 고름.

시집 『누구나의 하나뿐인 삶(eines jeden einziges leben)』이 피셔 출판사에서 나옴(『누구나의 하나뿐인 삶』은 낯선 서독에서 집을 짓고 삶의 터를 만들어보려 하는 시인에게서 시작되는 또 하나의 세계가 보인다. 주변을 살핀다. 생명 가진 것들을, 작고 아름다운 것들을 소중히 바라본다. 여행도 한다. 어디서나 시인의 눈에 들어오는 것은 "누구나의 하나뿐인 삶").

1987년 밤베르크, 아이히슈태트, 빈, 린츠, 잘츠부르크, 취리히 등 독일, 오스트리아, 스위스의 여러 도시에서 낭독회.

리스트의 후기작에 대한 오스트리아 라디오방송.

에세이집과 동시집 작업.

1988년 이해부터 뮌헨 대학교와 뷔르츠부르크 대학교에서 시론 강의.

1989년 산문집 『하얀 시(Das weiBe Gedicht)』를 피셔 출판사에서 출간.

1990년 동독 정보부에 보관되었던 시인에 대한 문서들 중 자료집 『파일명 '서정시'(Deckname "Lyrik")』를 피셔 출판사에서 펴냄.

1991년 동시집 『잠이 잠자러 드러눕는 곳(Wohin der Schlaf sich schlafen legt)』을 체코 화가 카렐 프란타의 그림을 곁들여 피셔 출판사에서 출간함.

1992년 동서 베를린 예술원의 통합을 반대하여 서베를린 예술원에서 탈퇴.

1993년 '한 해의 일기'를 『해 뜨는 언덕에(Am Sonnerhang)』라는 제목으로 피셔 출판사에서 출간.

드레스덴 공과대학교에서 명예박사 학위를 받음.

1994년 대담집 『자유가 있는 곳 …(Wo die Freiheit ist ...)』을 피셔 출판사에서 출간.

1995년 그라이츠시의 명예시민. 파사우시 문화상 수상.

1996년 작센주 예술원의 창립 회원.

1997년 바일하임 문학상 수상(청소년 일곱이 심사 위원인 상으로, 시인은 감동적인 수상 연설을 씀).

1998년 시집 『이 땅 위의 하루(ein tag auf dieser erde)』를 피셔 출판사에서 출간(『이 땅 위의 하루』에서 시인은 안착하려 한다. 가까이 있는 작은 것들, 아름다운 것들을 다시 또다시 눈여겨보며 안착한다. 의미 있었던 하루하루가 시로 담겼다. 모든 생명 있는 것들, 삶 자체에 대한 깊은 애정이 배어나는 시집이다).

2002년 자료집 『단어들의 아우라(Die Aura der Worter)』가 라디우스 출판사에서 출간(독일 정서법 변경에 맞서는 쿤체 시인의 입장 표명을 담음).

2003년 (창작 번역집) 『우리 집에 소금이 있는 곳(Wo wir zu House das Salz halen)』이 피셔 출판사에서 출간.

2006년 라이너와 엘리자베트 쿤체 재단 설립.

2007년 시집 『보리수 밤(lindennacht)』을 피셔 출판사에서 출간 [『보리수 밤』은 시에 대한 집약된 성찰이 두드러져 보이며 한국 시 열두 편을 수록하고 있다(율곡의 「고산구곡가」 제1곡에 대한 답시로 시작하여 황진이, 황지우 등 한국 시인의 시구가 인용되기도 하고 한국의 오늘의 모습도 집약되어 담겨 있다. 무엇보다 시조 「하여가」, 「단심가」를 주제로 하여 독일어로 시조 운율을 정확히 맞춘 「옛 문체로 쓴 한국의 귀한 옛날 일」도 포함되어 있다)].
　　　쿤체 시인의 고향 윌스니츠시에서 라이너 쿤체 상을 제정하고 "저항으로서의 시"에 비중을 두어 격년으로 시상함(2007년 독일 작가 우츠 라호브스키, 2009년 독일 번역가 토마스 아이히호른, 2011년 독일 작가이자 번역가 이네스 쾨벨, 2013년 프랑스 작가이자 번역가 미레유 간젤, 2015년 독일 시인 우베 콜베, 2017년 우크라이나 독문학자이자 번역가 페트로 뤼클로, 2019년 보스니아 작가이자 번역가 스테반 토티치, 2022년 한국 작가이자 번역가 전영애 등이 수상).

2008년 야쿱 에키어가 펴낸 라이너 쿤체 시 선집 『remont poranka』가 폴란드에서 출간됨.

2009년 메밍엔 자유상 수상.

2011년 호르스트 자우어브루흐의 그림을 곁들인 동화집 『꿀벌은
　　　　바다 위에서 무얼 할까?(Was macht die Biene auf dem Meer ?)』가
　　　　피셔 출판사에서 출간.
　　　　　　강연문집 『다시 통일이 된다면. 시인임(Wenn wieder eine Wende
　　　　kommt. Schriftsteller sein in Deutschland)』.

2013년 리처드 도브가 번역한 시 선집 『빈 생선 바구니 속에 참 많기도 한
　　　　어획(Rich Catch in the Empty Creel)』이 미국에서 나옴.

2015년 베를린 예술원에 복귀.

2016년 파사우 시청에서 라이너와 엘리자베트 쿤체 재단 10주년
　　　　기념행사를 엶. 페트로 뤼클로가 펴낸 대역 시 선집 『민감한 길』이
　　　　우크라이나에서 나옴.

2018년 시집 『나와 마주하는 시간(die stunde mit dir selbst)』이 피셔
　　　　출판사에서 출간(『나와 마주하는 시간』은 생애를 돌아보며 유년의
　　　　기억을 담고, 시에 대한 더욱 깊은 성찰을 담으며, 시인의 응원과 마지막
　　　　인사를 남기는 듯한 시집이다. 마지막 시집인 듯해서 옷깃 여미며 읽게
　　　　된다. 한국 독자를 위해 따로 지은 시 「뒤처진 새」도 담겨 있다).

2023년 라이너 쿤체 시 전집 『시(gedichte)』가 출간됨(『시』는 전 생애에 걸쳐
　　　　펴낸 시들을 손바닥만 한 아주 작은 판형의 책에 담았다.
　　　　총 아홉 권의 시집이 수록된 것으로, 전체 시의 알파벳순 색인이 달렸다.
　　　　본서는 그것의 번역이다).
　　　　　　10월 파사우 대학교 도서관에서 시인의 90세 생일에 즈음하여
　　　　사진전이 열림. 이 전시회는 독일 각지와 체코 각지에서
　　　　순회 전시됨.

2024년 2월 (시인에게 평생 뮤즈이자 큰 원군이었던) 아내 엘리자베트 쿤체
　　　　별세.